T. W. Scipio

PSYCHS OF NEW PRETORIA

Kurzgeschichten aus einer verstörenden Stadt

Bibliografische Information der Deutschen Nationalbibliothek: Die Deutsche Nationalbibliothek verzeichnet diese Publikation in der Deutschen Nationalbibliografie; detaillierte bibliografische Daten sind im Internet über dnb.dnb.de abrufbar.

Herstellung und Verlag: BoD – Books on Demand, Norderstedt

ISBN: 9783757861896

Lektorat: Alina Krebs
Korrektorat: Kirsten Wommelsdorf
Cover: Renee Rott (Dream Design – Cover and Art)

Die Schöne und der Dieb

Es fühlte sich so an, als würde der blaue Rauch in meiner Lunge alles in meinem Inneren verätzen. Haze schlug mir den Joint irgendwann aus der Hand. Seine glasigen Augen starrten mich an. „Komm jetzt endlich.", forderte er mich auf und ging mit zitternden Knien voran. Nur weil dieser Bastard sich vorher irgendwas anderes reingeballert hatte, durfte ich nicht mal was rauchen, um runterzukommen. Dabei hatte ich uns den Auftrag besorgt. Ich hatte mit Yura verhandelt, während Haze in der Gosse hockte und bei den Nutten um Stoff bettelte. Doch nach diesem Job sollten wir beide genügend Kohle für die nächsten Monate haben.

Wir schlichen durch eine Seitengasse und hielten uns fürs erste vom Tageslicht fern. Alles stank nach Pisse, vergammeltem Essen und verwesenden Ratten. Doch wenn wir nicht direkt auffallen wollten, blieb uns keine Wahl. Wir waren durch die Gassen gekommen und würden auch wieder durch diese verschwinden.

Unser Ziel war ein Mann mittleren Alters namens Jensen. Er trug eine Speicherkarte bei sich, auf welcher sich geklaute Daten befanden. Wir sollten die Karte um jeden Preis besorgen. Ob wir Jensen dabei töteten, war Yura egal. Wichtig war nur, dass es nur diese eine Chance gab. Der Typ zeigte sich nicht oft in der Außenwelt, und dass er heute an der Transportstation auf ein öffentliches Shuttle warten würde, hatte Yura so eingefädelt.

Wir lauerten ihm stundenlang in der Gasse auf, immer wieder brach das wenige Sonnenlicht durch die vorbeigehenden Passanten.

„Können wir nicht direkt an der Station warten?", fragte Haze mich irgendwann, doch ich schüttelte nur den Kopf.

Wir sahen aus, als hätten wir unsere Kleidung von einem

Obdachlosen gestohlen, was bei Haze vielleicht sogar zutraf. Die Menschen außerhalb der Gasse waren schick gekleidet, rannten mit glitzernden Smartwatches, Kontaktlinsen und all dem Kram herum. Hätten wir die schützende Dunkelheit der Gasse verlassen, wären wir sofort jedem Cop, jeder besorgten Mutter und jeder verschissenen Kamera aufgefallen.

Wir sollten noch eine gefühlte Ewigkeit in dem stinkenden Loch hocken, bis wir das Signal bekamen. Mein Pieper vibrierte, was bedeutete, dass einer von Yuras Männern Jensen gesehen hatte.

Ich zog eine kleine Pistole aus meiner Hose und überprüfte, ob genügend Schuss vorhanden waren. Haze tat es mir gleich und ich sah, wie ihm der Schweiß durchs Gesicht lief. Meine Hände fingen an zu zittern, denn wenn etwas schief ging, hätte niemand um uns getrauert. Es wäre einfach vorbei gewesen.

Wir legten uns auf die Lauer und ich merkte, wie mein Magen sich langsam verdrehte. Ich trug das erste Mal eine Waffe, die dazu in der Lage war mit einem Schuss zu töten. Außerdem hatte ich tagelang nichts gegessen, mein Körper dankte es mir, indem ich mehrmals aufstieß. Glücklicherweise musste ich mich nicht übergeben.

„Bekomm jetzt keine kalten Füße.", flüsterte Haze und biss sich selbst auf die Hand, um sein Zittern zu unterdrücken.

Dann war es so weit. An der Gasse lief eine Person vorbei, die auf die Beschreibung von Jensen passte. Wir verließen unser Versteck und hingen uns mit strammen Schritten an die Zielperson. Das Licht der Sonne blendete mich für einen Moment. Es fühlte sich an, als würde sich das Sonnenlicht in meine Haut einbrennen. Violette und blaue Streifen trübten meine Wahrnehmung. Ich spürte, wie Haze nach meiner Hand griff, damit wir das Ziel nicht aus den Augen verloren.

Jensen bog ab, überquerte die Straße und lief zu einem Ticketautomaten. Wir stellten uns hinter ihn und warteten auf den richtigen Moment. Wir wussten nicht, wo er die Karte versteckt hatte, aber wir hofften darauf, dass er dumm genug war, um diese in seinem Portemonnaie zu verstecken. Er kramte im Inneren seines Mantels herum und wir verloren langsam die Geduld. Mit jeder Bewegung löste sich eine kleine Duftwolke seines stechenden Rasierwassers, die nach hinten zog. Es brannte schon fast in der Nase und ich spürte, wie sich Wasser in meinen Augen anstaute.

Doch dann geschah es: Jensen zückte sein Portemonnaie. Noch im selben Moment warf sich Haze mit seinem ganzen Gewicht von hinten gegen ihn. Es gab einen lauten Knall, als beide gegen den Automaten krachten. Ein Kampf am Boden brach aus. Haze versuchte ihn schnell auszuknocken, doch Jensen wehrte sich mit aller Kraft.

Die Leute um uns herum fingen an zu schreien. Ich drehte mich hin und her, um Ausschau nach Sicherheitskräften zu halten. Einige Passanten rannten mit ihren Kindern an der Hand davon, andere blieben auf der Stelle stehen und schauten uns zu. Ich zog meine Pistole, fuchtelte wie verrückt damit herum, um auch den letzten Schaulustigen zu vertreiben. Währenddessen hörte ich hinter mir, wie sich Haze und Jensen abwechselnd die Faust ins Gesicht rammten. Ich dachte immer mehr daran diesen verfickten Geschäftsmann einfach abzuknallen.

„Fallen lassen!", schrie plötzlich eine Stimme und ich drehte mich panisch zur Seite. Ich sah, wie zwei Pistolenläufe auf mich gerichtet waren. Zwei Männer in Anzügen kamen vorsichtig auf uns zu. Sie waren noch weit genug entfernt, dass wir hätten abhauen können, doch Haze hatte

Jensen immer noch nicht ausgeschaltet.

Ich tat das Einzige, was mir in den Sinn kam. Ich richtete meine eigene Waffe in Richtung der beiden Männer und eröffnete blind das Feuer. Ich sah, wie beide zur Seite sprangen. Einer flüchtete hinter eine Säule, während der andere sich hinter einem Automaten verschanzte.

„Haze!", schrie ich und hoffte, dass es ihm genügend Ansporn war, seinen Bodenkampf endlich zu gewinnen. Ich hatte vier Mal geschossen, es blieben also nur noch drei Schuss.

„Verreck endlich, du Hurensohn!"

Noch im selben Moment hörte ich, wie sich ein Schuss hinter mir löste.

Ich drehte mich um und schaute in das versteifte Gesicht von Jensen. Seine Augen waren aufgerissen, sein Mund stand offen. Ich konnte beobachten, wie das Licht aus seinen Augen schwand und das kräftige Braun verblasste. „Weißt du, wo die Karte ist?", fragte ich und trat Haze, um ihn aus seiner Schockstarre herauszuholen. Gleichzeitig sah ich, wie einer der Männer hinter seiner Deckung hervorkam. Fast wäre ihm seine Brille von der Nase gefallen. Ich eröffnete sofort wieder das Feuer und zwang ihn, seinen Kopf wieder wegzustecken.

„Scheiß drauf.", sagte Haze und fing an Jensen die Jacke auszuziehen. „Irgendwo hier wird sie schon sein."

Ich stand weiter Schmiere und sah, wie sich der Mann hinter dem Automaten nicht wegbewegen konnte. Doch was mit dem Typen im Anzug hinter der Säule war, wusste ich nicht.

„Los, los!", forderte Haze mich auf und schlug gegen meine Schulter.

Wir wollten losrennen, doch der Anzugträger sprang hinter einer Mauer hervor. Er musste außen herumgelaufen sein. Ich richtete meine Waffe auf ihn, doch er war schneller. Ich sah, wie ein Blitz den Lauf seiner Waffe verließ. Mein ganzer Körper verspannte. Ich stand regungslos da und dachte, dass es nun vorbei wäre. Doch dann sah ich, dass noch ein zweiter Blitz aus dem Lauf schoss und realisierte, dass beide Male auf Haze geschossen wurde. Ich drehte mich zu ihm und sah, wie er mit dem Portemonnaie und dem Mantel in der Hand auf den Asphalt knallte.

„Verpiss dich endlich!", schrie der Anzugträger mich an und richtete seine Waffe auf mich.

Alles Adrenalin in meinem Körper, wurde zeitgleich ausgeschüttet. Ich sprang zur Seite, drückte gegen den Abzug meiner Waffe und fing an, in die entgegengesetzte Richtung zu sprinten. Ich hörte, wie der Typ im Anzug aufschrie, doch wagte es nicht, mich umzudrehen. Sein Kollege rief mir hinterher, gab sogar Schüsse ab, doch ich entkam durch eine Seitenstraße.

Ich rannte drauflos und lief in die verschiedensten Gestalten hinein. Ängstliche, wütende, hasserfüllte Blicke wurden mir entgegengeworfen, doch sie konnten mich nicht stoppen. Ich wusste, dass mich jede beschissene Sicherheitskamera von diesen ganzen Sicherheitsunternehmen auf dem Schirm hatte, aber mir blieb keine andere Möglichkeit.

Je länger ich rannte, desto besser konnte man mich anhand meines Bewegungsmusters finden. Ich ging die wenigen Möglichkeiten, die ich hatte, im Kopf durch und bog in die nächste stinkende Gasse ein, in der Hoffnung, dass man hier nicht das Geld für eine Kamera verschwendet hatte. Ich warf die Knarre bis ans andere Ende der Gasse und sprang in einen Müllcontainer. Dann zwängte ich mich zwischen den Abfall der gehobenen Gesellschaft. Es roch nach schimmligen Essen, Fäkalien und Tod.

Ich konnte die vergehende Zeit nicht auf die Minute zählen, aber ich wusste, dass ich mehr als einen Tag und eine Nacht in diesem materialistischen Friedhof verbracht hatte. Doch so sehr ich mich auch verkriechen wollte, übermannte mich der Ekel doch irgendwann. Er zwang mich dazu, aus meinem Loch zu steigen.

Das rötliche Licht der Sonne stach mir ins Auge. Blind stolperte ich nach vorne und fiel über irgendeinen Müllsack. Ich landete in einer Pfütze und mir wurde klar, dass ich nicht wissen wollte, worin ich gerade lag. Was ich aber durchaus wissen wollte war, ob die Sonne auf- oder unterging.

Ich beschloss mich aufzuraffen und trotz meiner stinkenden Kleidung und meinem vermeintlich verwahrlosten Aussehen, wieder auf die Straße zu gehen.

Als ich das Ende der Gasse erreichte, sah ich eine gewaltige Masse an Menschen, in der jeder in verschiedene Richtungen marschierte. Sie hielten Becher in der Hand und mindestens jeder dritte zog an einer Zigarette. Wie gern ich in diesem Moment eine geraucht hätte, doch hatte ich kein Geld, um mir Zigaretten zu besorgen ... hätte ich den Auftrag mit Haze erfolgreich durchgezogen, hätte Yura uns bestimmt welche besorgt ...

Ich weiß nicht, ob es Mut oder Verzweiflung war, aber ich schloss mich dem Strom der paralysierten Fische an und schlenderte den Bürgersteig entlang. Ich bemerkte, dass um mich herum viele junge Leute in Schuluniformen waren, was mich zu dem Schluss brachte, dass es Morgen sein musste. Es war wohl noch so früh, dass die Schule nicht einmal angefangen hatte.

Ich verlor mich in Gedanken und schlenderte ziellos in der Masse umher, als sich irgendein Vollidiot in meinen

Weg stellte und wir zusammenstießen. Ich spürte, dass ich meine Handflächen am Boden aufgeschrammt hatte und mit meinem gesamten Gewicht auf meine Knie gefallen war. Ich drehte mich um und setzte mich hin. Ich wollte den Wichser sehen, der die Frechheit besaß, sich in meinen Weg zu stellen.

Doch statt eines gutgekleideten, reichen Schnösels, schaute ich in die violetten Augen eines Engels. Sie beäugten mich von oben bis unten und mein verwahrlostes Gesicht spiegelte sich in ihnen wider. Eine Naturschönheit saß mir gegenüber. Eine ihrer Strähnen fiel ihr ins Gesicht. „Es tut mir so leid, Mister ...", sagte sie plötzlich und ließ sich auf ihre Knie nieder.

Ich sah, dass sie Schmerzen haben musste, denn es sammelten sich Tränen in ihren Augen. „Nein, nein ... mir tut es leid.", antwortete ich ihr und stand trotz der Schmerzen auf, als ob nichts wäre. Sie griff nach ihrer Handtasche, darin sah ich ein Tablet mit der Aufschrift *University of Northeurope.* University? Dann sah sie deutlich jünger aus, als sie war. „Sie sollten sich beeilen, sonst kommen sie noch zu spät zu ihren Vorlesungen."

„Hä?", antwortete sie mir und schaute mich wie ein Kleinkind an. Erst als ich auf ihre Tasche zeigte verstand sie, was ich meinte. „Ach, das Tablet. Das ist das Alte meines Vaters. Ich gehe noch zur Schule."

„Ach so, in welche Klasse denn?" Dann war sie doch so alt wie ich. Sie sah so unschuldig aus. Bestimmt war sie eine Überfliegerin in der Schule. Das letzte Mal, dass ich eine Einrichtung für Bildung von innen gesehen hatte, war vor beinahe acht Jahren gewesen.

„Elfte, nächstes Jahr ist es endlich so weit.", sagte sie mit einem Lächeln auf den Lippen und machte keine Anstalten sich von der Stelle zu rühren.

Wollte sie sich etwa mit mir unterhalten? Ich durfte nicht zu lange am selben Ort sein, sonst hätten die Bastarde, die Haze erschossen hatten, mich in weniger als einer Stunde geschnappt. Doch sie war süß. Die Mädchen in der Autonomen-Zone hatten mit etwas Glück noch ihre Haare … oder alle Zähne. Was hatte sie nochmal gesagt? „Was genau meinst du?"

„Na, mein Abschluss?", antwortete sie fragend. „Ich habe nächstes Jahr hoffentlich meinen Abschluss, dann kann ich endlich studieren."

„Ach so, ja, eh, tut mir leid." Ich war so ein Vollidiot. „Dann will ich dich nicht länger aufhalten." Ich drehte mich von ihr weg und ging einen Schritt, als ich spürte, dass mich jemand an meinem Ärmel festhielt. Ich drehte mich wieder um und sah das, was ich sehen wollte. Das süße Mädchen hielt mich an einem Fetzen meiner Jacke fest. Sie lächelte mich an. „Kann ich dir noch irgendwo bei helfen?", fragte ich verunsichert.

„Genau das wollte ich dich eigentlich fragen. Was ist mit dir passiert?"

„Ach, ehm … Ich bin eben ausgerutscht und naja. Aber mir geht's gut."

„Hast du denn kein Zuhause, wo du dich umziehen kannst?"

Ich biss mir auf die Zunge, als ich die Wahrheit sagen wollte. Aber konnte und wollte ich ihr überhaupt sagen, dass die Autonome-Zone mein Zuhause war? Dieselbe Autonome-Zone mit all den Junkies … den Pennern … und den Psychs? Dieselbe Autonome-Zone, in der sie mich kalt gemacht hätten, wenn Yura erfuhr, dass wir es verbockt hatten …? Fuck. Ich spürte, wie meine Lippen anfingen zu zittern. Ich konnte nicht anfangen zu heulen, ich fiel sowieso schon auf wie ein bunter Hund.

Das Mädchen legte ihre Hand auf meine Schulter. „Ist schon gut. Willst du erstmal mit zur Schule kommen? Da machen wir dich frisch und können erstmal in Ruhe reden."

War dieses Mädchen wirklich ein Engel? Aber nein, das konnte ich nicht tun. Ich wurde gesucht. Ich hatte keine Ahnung, wer diese Männer waren, die unseren Job versaut hatten, aber vielleicht hatte ich einen von ihnen getötet. Ich wusste es nicht. Aber allein, dass ich an dem Überfall an Jensen und indirekt auch an seinem Tod beteiligt war, war Grund genug mich von Kangals Spürhunden jagen zu lassen. Als Sicherheitsunternehmen, machte Kangal einen wirklich guten Job und hatte den europäischen Distrikt in New Pretoria gut im Griff, ich war keine Herausforderung für sie.

Bevor ich dem Mädchen eine vernünftige Antwort geben konnte, zog sie mich schon hinter sich her. „Ich bin übrigens Melody. Wie heißt du?"

„Ehm." Ich schaute um mich herum und mir fiel die Aufschrift eines T-Shirts ins Auge. „Paul.", antwortete ich.

„Paul?" Sie kicherte und schaute mir direkt in die Augen. „Der Name ist süß. Kommst du aus Deutschland?"

Ich hatte keine vernünftige Antwort auf ihre Frage. „Ich weiß nur, dass meine Eltern aus Europa kommen." Natürlich wusste ich nicht, woher meine Eltern kamen, ich kannte sie nicht.

„Meine Mama kommt aus Nordamerika. Papa ist aus Britannien.", erzählte sie mir, während wir eine Straße nach der anderen überquerten.

„Du, Melody, kommt es für deine Mitschüler und Lehrer nicht komisch, wenn man mich mit dir sieht?"

„Der Unterricht hat schon längst angefangen. Ich schwänze die ersten Stunden. Erstmal kümmere ich mich um dich."

Ich spürte, wie sich meine Brust zusammenzog. Mir wurde warm und es fühlte sich an, als hätte ich eine Überdosis von irgendeiner gestreckten Scheiße genommen. Dieses Mädchen wollte sich also wirklich um mich kümmern?

Wir bahnten uns noch für eine Weile unseren Weg durch die Menschenmasse und erreichten schließlich die Schule. Als wir die Grenze zwischen Bürgersteig und Schulgelände überquerten, war es, als würden wir in eine Parallelwelt gelangen. Von dem einen auf den anderen Moment schwand der Trubel um mich herum und ich hatte niemandes Rücken mehr vor mir. Auf dem weitläufigen Schulhof war keine Menschenseele. Das Weiß der Gebäudewände reflektierte das Licht in unsere Richtung. Ein paar Bäume waren hier und da gepflanzt. Ich fragte mich, wie das in dieser überfüllten Stadt überhaupt möglich war. Ich wusste, dass beim Firmensitz von Kangal Pflanzen wuchsen, auch im Regierungsviertel wuchsen angeblich Blumen und Büsche in jeglicher Form und Farbe. Wie konnte die Schule sich das leisten?

Melody nahm meine Hand und erst jetzt realisierte ich, wie gepflegt sie war. Weder ihre Finger noch ihre Handflächen waren rau und ihr Körper strahlte eine natürliche Wärme aus. Das letzte Mal, als sich meine eigenen Hände so anfühlten war, als ich mich in einem Pool verstecken musste, weil die Bewohner früher zurückkamen. Ich schmunzelte und war gezwungen noch einen letzten Gedanken an Haze zu verschwenden. Dieser kleinwüchsige Junkie hatte bei nahezu jedem Auftrag versagt. Vielleicht war es besser, dass es ihn dieses Mal erwischt hatte. Vielleicht reichte sein Tod aus, damit Yura nicht auch mich an irgendeine Psych-Sekte verkaufte, oder schlimmer …

Melody führte mich in das Schulgebäude und ich war noch beeindruckter. Alles war sauber. Durch die Scheiben konnte man tatsächlich etwas sehen. Außerdem spiegelte sich mein Antlitz im Boden wider und es roch, als wären wir in einem kleinen Obstladen, wie es sie im Süden des Distrikts gab.

Doch Melody ließ mir keine Zeit, diese neuen Eindrücke auf mich wirken zu lassen. Sie zog immer weiter an mir, bis wir etwas erreichten, dass im Entferntesten aussah, wie die Dinger die sie in einem mittelklassigen Bistro als Klo bezeichneten. Ich fand mich vor einer bläulichen Tür wieder. Sie war makellos. Keine Kratzer, keine Fäkalien, keine abgetretenen Ecken oder zerbeulten Schilder. Diese Tür war sauberer als alles, was ich aus der Autonomen-Zone kannte. Noch geschockter war ich, als sich die Tür ohne zu quietschen oder zu ruckeln zur Seite schob. Wir traten einfach ein und der riesige Eingangsbereich erstreckte sich vor mir. Ich war fasziniert von dem Luxus, den diese Schule bot. Hätte ich irgendjemanden in der Autonomen-Zone hiervon erzählt, hätte mehr als die Hälfte hier einziehen wollen. Die Klos dieser Schule waren ästhetischer und gepflegter als alles, was wir bei uns hatten.

„Geh schon mal in die Dusche. Ich versuche irgendwie an Klamotten für dich zu kommen."

Ich schaute sie fragend an, bekam aber kein Wort aus mir heraus.

„Wir können dich nicht in diesen Sachen lassen, Paul. Du wirst noch krank."

Ohne auf irgendeine Antwort von mir zu warten, verließ sie die Toilette wieder und die bläuliche Tür schob sich zu. Ich war allein. Es waren bestimmt zehn Waschbecken an der Wand angebracht. Ein riesiger Spiegel erstreckte sich von einem Ende bis zum andern. Gegenüber davon war eine Reihe an Kabinen. Es dauerte einen Moment, bis ich realisierte, dass sie mich auf die Damentoilette gebracht hatte. Was, wenn jemand hereinkam? Diese gebildeten Mädchen würden schreiend davonrennen und in weniger als zwei Minuten wäre Kangal hier. Wenn auch nur irgendeine von denen die Tochter eines Commissioners war, würden sie das verfickte Infiltrationskommando schicken, um mich kalt zu machen. Aber vermutlich war ich dann in der Dusche fürs erste am sichersten.

Während ich ans andere Ende des Raumes ging, schaute ich mich selbst im Spiegel an. Meine Haare waren völlig zerzaust. Mein Gesicht war übersät mit bläulichen und schwarzen Flecken, wahrscheinlich eine Mischung aus Prellungen und Dreck. Meine Klamotten waren an vielen Stellen eingerissen. Es wunderte mich, dass Melody mich überhaupt mitgenommen hatte. Ich sah genauso aus, wie sich die Reichen einen Jungen aus der Autonomen-Zone vermutlich vorstellten.

Als ich mich noch eine Weile beobachtete, fiel mir ein, dass ich noch ein Messer in meiner Hose versteckt hatte. Wenn ich mich duschen sollte, wäre es unvorteilhaft, wenn Melody das Messer in der Zeit finden würde. Selbst wenn Kangal diesen Raum stürmen würde, wäre ich ohne Waffe besser dran.

„Paul? Ich bin zurück.", hörte ich das Mädchen plötzlich rufen. Die Tür hinter ihr schob sich wieder zu und ihre Schritte kamen immer näher.

Schnell tastete ich meine Beine ab, weil ich Idiot vergessen hatte, wo das Messer steckte. Nach mehreren erfolglosen Versuchen fand ich es endlich. Mir blieb keine Wahl als mir die Hose herunterzuziehen, weil ich sonst nicht herankam. Ich schaffte es, doch Melodys kleiner Aufschrei verriet mir, dass sie hinter mir stand und ich das Messer besser hinter meiner Hand verstecken sollte.

„Tut mir leid, ich wusste nicht, dass du dich schon

umziehst." Ich war vielleicht nicht wirklich gebildet, aber wenn ich etwas in der Stimme eines Menschen erkennen konnte, dann Scham. „Ich habe hier ein paar Klamotten von einem Klassenkameraden."

„Hast du die geklaut?"

„Er leiht sie dir. Ich habe ihm die Situation erklärt."

Plötzlich legte sie ihre weichen Hände um meine Hüfte und fing an mein Shirt hochzuziehen. Ich spürte ein Kribbeln in meinem Bauch und mir wurde wieder warm in der Brust. Mein Herzschlag erhöhte sich und ich hörte, wie ich anfing lauter zu atmen. Doch ich vergaß nicht das Messer in meiner Hand. Ich ballte sie zu einer Faust und hob die Arme. Hoffentlich würde Melody mir das Shirt schnell ausziehen, sodass ich nicht so schnell erwischt werden würde.

„Was ist das an deinem Rücken?"

Ihre Finger glitten über meinen unteren Rücken. Ich zuckte zusammen, als ihre Fingernägel über meine Haut streiften. Ich wusste, dass sie die vielen Narben meinte. Ich war viel zu erschöpft, um mir eine Ausrede auszudenken. „Ein paar Messerschnitte und Streifschüsse."

„Wer hat dir das angetan?"

Ich hörte das Interesse in ihrer Stimme und spürte den Drang, endlich mal mit jemanden darüber zu sprechen. „Das waren alles ganz unterschiedliche Leute und Situationen. Manche Narben sind noch aus meiner Kindheit. Manche sind keine drei Monate alt."

„Du kommst doch aus der Autonomen-Zone, oder?"

Ich schmunzelte und war froh, als sie mir das Shirt endlich über den Kopf gezogen hatte. Ich drehte mich zu ihr und versteckte meine Hand mit dem Messer hinter meinem Rücken. Ihr fiel meine komische Pose gar nicht auf, denn sie strich nun über meine Brust und meinen Bauch. Ich schaute währenddessen an ihr vorbei in den Spiegel und erschrak, wie knochig ich doch aussah. Doch wie sollte es auch anders sein? Essen war nicht unbedingt die Lieblingsbeschäftigung da, wo ich herkam.

„Zieh den Rest aus und stell dich erstmal unter die Dusche. Ich warte so lange draußen und passe auf, dass niemand hereinkommt."

Das ließ ich mir nicht zwei Mal sagen. Ich häufte meine Sachen zu einem Haufen vor dem Duschbereich zusammen. Das Messer verstaute ich dazwischen und vertraute darauf, dass Melody nicht noch anfing meine alten Klamotten zu falten. Als ich hörte, wie sich die Tür zuschob, stellte ich das Wasser an und dieses unbeschreiblich schöne Gefühl von frischem Wasser auf der Haut versetzte mich in Ekstase. Es war nicht zu warm und nicht zu kalt. Es war genau perfekt. Ich spürte jeden einzelnen Tropfen auf meiner Haut und merkte, dass ich endlich mal wieder sauber wurde. Ich hätte den ganzen restlichen Tag duschen können. Ich schloss die Augen und vergaß alles um mich herum. Die Autonome-Zone, Yura, Haze, alles scheiß egal. Für diesen Moment herrschte Frieden in mir.

Ich duschte noch eine Weile und stellte irgendwann den Wasserstrom ab. Ich lief zu meinen Klamotten und schaute nach, ob das Messer noch da war, wo ich es versteckt hatte. Und genau das war es. Ich zog die Anziehsachen von Melodys Klassenkameraden an und verstaute die Stichwaffe in einer der vielen Innentaschen. Dann betrachtete ich mich im Spiegel. Ich konnte nicht anders, als anzufangen zu lachen. Mein abgemagertes Aussehen und die viel zu langen Haare passten einfach nicht zu der Schuluniform eines Reichen. Doch was sehr gut passte, war das Messer, welches ich fix in der Innentasche der Trainingsjacke verschwinden ließ.

Die Tür am anderen Ende schob sich auf und ich hörte,

dass auch Melody anfing zu lachen. „So habe ich mir das nicht vorgestellt." Sie hielt sich ihre Hand vor den Mund, um ihr süßes Lächeln vor mir zu verbergen.

„Ich sehe vielleicht so aus, aber dumm bin ich nicht.", antwortete ich scherzhaft.

„Ganz bestimmt, Paul."

Wir scherzten für eine Weile weiter herum. Es war wie in einem Traum und ich wünschte mir, dass dieser Moment niemals enden würde.

Irgendwann setzten wir uns beide auf den Boden und lehnten uns an der Wand an. Es war einfach ein lustiger Tag mit Melody. Haze hätte mich beneidet, aber er hätte Melody wahrscheinlich auch schon längst etwas angetan. Ich fragte mich, wieso sie so ruhig blieb und überhaupt jemand Fremdem von der Straße half. Hatte sie keine Angst, dass ich ihr etwas antun könnte? So wie wir Geschichten über die Reichen erfanden, würden die Reichen doch bestimmt auch Geschichten über uns Gossenkinder erfinden.

„Warum hast du mir geholfen?", fragte ich sie schließlich und verzog dabei meine Augenbrauen.

Sie behielt ihr Lächeln bei und legte ihre Hand auf meinen Oberschenkel. „Ich weiß, dass es den meisten Menschen in der Stadt beschissen geht. Ich weiß, dass die Menschen in der Autonomen-Zone wie Dreck behandelt werden. Hätte ich dich nicht mit hierher genommen, hätten sie dich wahrscheinlich früher oder später verhaftet."

„Aber woher weißt du, dass ich es nicht verdient hätte, dass sie mich verhaften?"

„Ich kann mir nur bis zu einem gewissen Grad vorstellen, wie dein Leben in der Autonomen-Zone abläuft, aber ich sehe dir einfach an, dass du kein schlechter Mensch bist. Egal was du getan hast, hast du getan, um zu überleben."

„Und wenn ich jemanden getötet hätte?" Ich sagte das

mit dem Wissen, dass der Anzugträger von gestern vermutlich tot war. Sein Kollege hätte nicht so geschrien, wenn ich dem Bastard nicht den Kopf weggepustet hätte. Aber ich fragte mich noch immer, wer sie waren. Waren sie von irgendeinem rivalisierenden Clan? Aber dafür sahen sie zu schick aus ... Jensens Bodyguards konnten es auch nicht gewesen sein. Sie wären viel näher an ihm dran gewesen und hätten sich nicht so lange bedeckt gehalten.

„Ich weiß von meinem Vater, dass viel in der Autonomen-Zone gemordet wird. Aber er hat mir erklärt, dass es meistens aus Verzweiflung, nicht aus Hass geschieht."

„Von deinem Vater? Dem Eliteuni-Absolventen?"

Melody kicherte und gab mir einen Klapps aufs Knie. „Mein Vater arbeitet für Kangal, er ist Commisioner und hatte schon viele Fälle in der Autonomen-Zone. Er sagt, dass sich die Menschen im Inneren kaum von uns hier unterscheiden. Er sagt mir immer wieder, dass sich auch die Reichen ständig schlimme Dinge antun."

Ihr Vater arbeitete bei Kangal? Der Sicherheitsfirma Europas schlechthin? „Aber ich glaube nicht, dass dein Vater es gut finden würde, wenn du dich mit jemanden aus der Autonomen-Zone abgibst."

„Wir müssen es ja erstmal nicht erzählen. Ich schreibe ihm gleich, ob ein Schulfreund mit zu uns kann. Dann hast du erstmal eine Unterkunft, zumindest für eine Nacht."

„Und das würdest du tun? Und er auch?"

„Klar, warum nicht? Er hat heute sowieso frei, weil er gestern eine 24 Stunden Schicht hatte."

Ich konnte meine Freude gar nicht in Worte fassen und war überglücklich. Ich könnte noch mindestens einen Tag außerhalb meines Zuhauses verbringen und müsste Yura nicht gleich direkt gegenübertreten.

Melody schrieb ihrem Vater. Wir verbrachten die

restlichen Stunden im Schulgebäude und alberten herum. Eine halbe Stunde bevor der Unterricht offiziell vorbei war, ließen wir uns abholen. Der Schulhof war noch immer leer. Von weitem sah ich das teure Auto auf dem Gehweg parken. Ohne dass Melody etwas sagen musste, wusste ich, dass das das Auto ihres Vaters war. Es war nämlich das Einzige. Sobald die Standardarbeitszeit in New Pretoria begonnen hatte, waren die ganzen Massen an Autos von der Straße verschwunden und die Menschen bei ihren Jobs. Der Gedanke daran brachte mich zum Schmunzeln, dieses kollektive Verhalten erinnerte mich an Ameisen von der Erde.

Wir erreichten das Auto und ich setzte mich direkt hinter Melodys Vater. Ich sagte höflich Hallo und schnallte mich an, als mich die Augen ihres Vaters durch den Rückspiegel durchbohrten. Sie waren aufgerissen und ich sah, dass der Typ mich mit seinem Blick töten wollte.

Es dauerte einen Moment, ehe ich realisierte, wieso. Mir blieb die Luft weg, als ich merkte, was abging. Das Gesicht des Typen von gestern spiegelte sich in dem Glas wider. Das war der Typ, dessen Partner ich getötet hatte.

Mir blieb nicht viel Zeit, ich musste reagieren. Ich sah, wie seine Hand in seine Innentasche griff. Doch ich tat es ihm gleich.

Jetzt kam es nur noch darauf an, wer seine Waffe schneller zog.

Nachts in der Bibliothek

Der Regen prasselte gegen die Scheiben der Schulbibliothek und versperrte die Sicht auf die Neonreklamen auf der anderen Straßenseite.

Vyctor schaute auf den Parkplatz vor dem Schulgebäude und beobachtete seine Freundin Vica dabei, wie sie die Tür ihres Autos zuschmiss und mit überhöhter Geschwindigkeit das Gelände verließ. Am liebsten wäre er ihr hinterhergerannt, doch zu welchem Preis? Damit er sich wieder anschreien lassen musste, damit es ihr besser ging? Nein, diesmal nicht.

Er drehte sich vom Fenster weg und lehnte sich mit dem Rücken dagegen. Während er seine Gefühle für einen Moment abschalten wollte, sah er das Lächeln seiner Mitschülerin Carla im Augenwinkel. Er drehte sich zu ihr und schaute in ihre grünen Augen. Sie saß an einem der vielen Holztische. Das bläuliche Licht des Computerbildschirms reflektierte sich in ihren Augen.

„Musst du nicht auch für deine Prüfungen lernen?", fragte sie ihn und lehnte sich in ihrem Stuhl zurück.

„Hm, ich habe noch drei Wochen.", antwortete Vyctor und warf ihr ein schmales Lächeln zu. Eigentlich wollte er mit Vica zusammen lernen, doch sie war schon wieder abgehauen. Dabei konnte er doch gar nichts für den Brief in seiner Jacke. Den hatte ihm irgendjemand zugesteckt.

Er holte den Brief aus seiner Jackentasche und faltete das zerknüllte Papier auseinander. Der Inhalt war handgeschrieben und die Schrift wirklich schön. Die Linien waren mit einem präzisen Schwung zu Blatt gebracht worden und bei jedem Buchstaben erkannte man die Leichtigkeit, die der Schreiber beim Verfassen gehabt haben musste.

„Meinst du nicht, dass du anfangen solltest für die

Literaturprüfung zu lernen?", fragte Carla und deutete auf ihren eigenen Bildschirm.

„Für die Prüfung muss ich nicht so viel lernen. Auf was bereitest du dich vor?"

„Psionische Entwicklung des menschlichen Verstandes.", antwortete Carla und biss sich verspielt auf die Unterlippe. „Rate für welches Fach."

Vyctor musste nicht lange nachdenken. „Bio."

Doch Carla schüttelte mit ihrem Kopf und deutete mit ihren Gesichtszügen an, es nochmal zu versuchen.

„Physik?"

Sie schüttelte wieder mit ihrem Kopf und behielt das freche Lächeln bei. Doch hatte Vyctor keine Lust auf dieses Spielchen. Vica war extrem sauer auf ihn und hatte ihn einfach zurückgelassen, nur wegen eines beschissenen Briefes in seiner Jackentasche. Er knüllte das Papier wieder zusammen und warf es auf den Tisch. „Ich habe keinen Bock auf dein Ratespiel.", sagte er zu Carla und setzte sich schließlich auf einen Stuhl.

Es war ruhig, von Carlas Platz aus kam kein Mucks mehr. Hatte er zu hart reagiert? Aber warum ging sie ihm denn überhaupt auf die Nerven? Sie konnte ihm doch ansehen, dass er beschäftigt war. Die letzten vier Stunden musste er sich mit diesem Stück Papier auseinandersetzen, was ihm irgendein Vollidiot untergejubelt hatte.

Er nahm den Brief wieder in die Hand und faltete ihn auseinander.

Vyctor, ich weiß, dass dein Herz Vica gehört, doch ich kann nicht aufhören an dich zu denken. Ich liebe dich schon seit so vielen Jahren aus tiefstem Herzen, doch nie hast du mich als Frau wahrgenommen. Du warst immer höflich zu mir, hast mir mit jeder Kleinigkeit geholfen und hast, wahrscheinlich ohne es zu wollen, mein Herz gestohlen. Ich weiß, dass du zu jedem Menschen höflich bist und man immer auf dich zählen kann. Du bist von Natur aus einfach hilfsbereit und verlangst für deine Taten keine Gegenleistungen. Viele Mädchen, wie ich, sehen zu dir auf und wünschten in einer Beziehung mit dir sein zu können. Glaub mir, du weißt gar nicht, wie beliebt du unter uns bist. Ich würde dir am liebsten jedes kleinste Detail erzählen, dir schreiben, weshalb ich dich liebe, doch dann würde ich mich verraten. Dazu fehlt mir ganz einfach der Mut. Du hast mir durch dein Verhalten schon oft gezeigt, dass du kein Interesse an mir hast und wir lieber Freunde bleiben sollten. Doch ich schaffe das nicht ... mein Herz packt das einfach nicht, Vyctor. Jeden Morgen sehe ich dich durch die Flure streifen, mit deinen dunklen Haaren und den strahlend grünen Augen. Ich hasse unsere Schuluniform, doch an dir sieht sie so besonders, so wunderschön aus. Du könntest alles tragen und ich würde dich trotzdem noch lieben. Ich weiß nicht, ob ich mich jemals trauen werde, es dir persönlich zu sagen, doch ich liebe dich. Ich liebe dich, Vyctor. Ich wünsche mir nichts mehr, als dass Vica einfach aus deinem Leben verschwinden würde, nur damit wir beide zusammen sein können ... doch wahrscheinlich wird das für immer eine Wunschvorstellung bleiben.

Vyctor wusste nicht, wie er diesen Brief einordnen sollte. Einerseits berührte es ihn, dass ihn jemand so sah, andererseits beunruhigte ihn der Inhalt. Die Person, die das geschrieben hatte, wusste scheinbar einiges über ihn. Er war jeden Tag mit dieser Person in Kontakt, es kamen also viele in Frage. Er half vielen Menschen und dass ihn viele Mädchen toll fanden, wusste er schon durch Vica. Doch noch nie hatte ihm jemand einen Liebesbrief geschrieben.

Generell war Papier etwas Besonderes. Alles lief über Computer, Handys oder Tablets. Das Einzige, was Vyctor an Papier von zuhause kannte, waren Urkunden und Zeugnisse von seinen Eltern, welche ihre Jugend noch auf der Erde verbracht hatten. Doch hier auf Elon, der ersten Kolonie der Menschheit, brauchte man Papier einfach nicht.

Was noch beeindruckender war, war die Tatsache, dass die andere Person per Hand schreiben konnte, und das mit so einer schönen und eleganten Präzision. Jemand hatte sich mit diesem Brief wirklich Mühe gegeben und wollte Vyctor eine Freude bereiten.

„Bleibst du noch länger?"

Vyctor schaute nach oben, Carla starrte ihn an. „Wieso fragst du?"

„Wenn du nicht für Literatur lernen willst, warum bist du dann noch hier?"

„Störe ich etwa?"

„N-nein … es ist nur komisch, dass du deine Zeit hier verschwendest."

„Ich genieße einfach mal die Stille.", antwortete Vyctor während er den Brief hin und her schob.

„Wo ist Vica denn?", hakte Carla nach und stand von ihrem Platz auf.

„Sie ist eben nach Hause." Vyctor senkte seinen Blick, versuchte nachzudenken, doch es gelang ihm nicht. Sein Kopf war leer, er fühlte sich müde, schlapp. Er hatte diese Streiterei satt.

„Habt ihr euch gestritten?", fragte Carla. Vyctor bemerkte, dass sie plötzlich neben ihm stand. „Was ist das?" Ihr Blick ließ von ihm ab und sie griff nach dem Papier.

Noch bevor Vyctor ihr antworten konnte, ließ sie das Stück Papier wieder fallen und ging einen Schritt zurück. „Ist alles in Ordnung?", fragte Vyctor.

„Oh, ehm … der Brief scheint privat zu sein."

Vyctor schmunzelte und lehnte sich zurück. „Genau das hat Vica auch gesagt und ist rausgerannt."

„Sie hat ihn gelesen?"

„Ich wusste nicht, dass er in meiner Tasche war. Jetzt denkt sie, dass ich eine andere hätte."

Carlas Augen schweiften wieder zu dem Brief und sie hob ihn erneut auf. Sie schien sehr schnell lesen zu können, denn ihre Augen bewegten sich wie eine kleine Maus von links nach rechts. „Naja, so höflich bist du doch gar nicht.", sagte sie plötzlich und fing an zu lachen.

„Was soll das denn heißen?"

„Mich hast du eben angemeckert, dass ich dich nerven würde."

„Ich habe nur gesagt, dass ich keine Lust habe zu raten."

„Ach, so ist das also." Sie las weiter und deutete schließlich mit ihrem Finger auf eine bestimmte Stelle. „Oskar sieht auch gut in unserer Uniform aus."

Vyctor musste wieder schmunzeln und schaute fragend in ihre Augen, als sie ihn anlächelte. „Du bist ein Arsch."

„Ich sag doch nur, dass du eben nicht der einzige bist."

„Also steht mir die Uniform?"

Carla biss sich zunächst auf die Unterlippe, ihre Wangen färbten sich rot. „Hm, na gut … ja. Du siehst schon gut darin aus."

„Guck, da haben du und meine heimliche Verehrerin doch was gemeinsam."

„Hm, aber ob ich so traurig darüber bin, dass du mich nicht zurück liebst?" Ihr Lächeln wurde immer breiter, die Wangen rötlicher.

Carla war wirklich gut darin, ihn hinters Licht zu führen und zu verarschen. Vyctor merkte, dass sie Spaß daran hatte ihn aufzuziehen, tatsächlich brachte ihn das auch zum

Lachen. „Liebst du mich etwa nicht?", fragte er und wollte sich Carlas Gelächter anschließen, doch sie schaute ihn einfach nur weiter an und behielt ihr Lächeln bei.

Vyctor versuchte sie mit seinem Lachen anzustecken, doch sie blieb wie versteinert. Lange schauten sich beide an, bis Vyctor sein verschwommenes Spiegelbild in ihren Augen sah. „Carla?"

Sie drehte sich von ihm weg und schien nach Luft zu schnappen.

„Carla, ist alles in Ordnung?"

„Klar … es geht schon.", antwortete sie und drehte sich wieder zu ihm. „Ich komme sofort zurück, ich will nur eben noch den Artikel zu Ende lesen, den ich noch offen habe."

Vyctor nickte ihr zu und beschloss auf sein Handy zu schauen. Zwei verpasste Anrufe, vier neue Nachrichten. „Fuck.", flüsterte er und entsperrte seinen Bildschirm. Er öffnete die Nachrichten, Vicas Chat ploppte auf:

Vyctor. Wer hat den Brief geschrieben? Hast du eine andere? Warum antwortest du mir nicht???

Er starrte für einige Sekunden auf das Display und schrieb dann:

Ich habe keine Ahnung, von wem der Brief ist, Schatz. Glaub mir doch einfach!

Er legte sein Handy wieder beiseite und stand auf. Er stellte sich erneut ans Fenster. Am Himmel zogen die vielen kleinen Lichter der unzähligen Militärtransporter her.

„Die da oben haben damals bestimmt für ihre Prüfungen gelernt.", scherzte Carla schließlich und stand wieder hinter Vyctor.

„Gut, dass ich kein Pilot werden möchte."

„Wieso? Ich glaube die Großkonzerne zahlen gut."

„Ich will lieber erkunden, Protokolle schreiben und Artikel darüber veröffentlichen, ohne mir die immer kleiner werdenden Planeten vom Cockpit aus anzusehen."

Carla stellte sich neben ihn und stupste ihn mit ihrer Schulter an. „Du hast nur Schiss zu fliegen."

„Ich war sogar schon mal auf der Erde."

Sie stieß ihn wieder mit der Schulter an und stolperte dabei, sodass er sie auffangen musste. Ihre Blicke trafen sich. Vyctor hielt Carlas Hand in der einen Hand, während seine andere um ihre Hüfte geschlungen war, um sie zu stützen. Ihr Parfüm tanzte um seinen Kopf herum, bahnte sich einen Weg in seine Nase. Es roch nach einer Mischung aus Orangen und Vanille. Vyctor wusste nicht wieso, doch diese Kombination passte zu Carlas dunkelblonden Haaren mit dem rötlichen Stich. Er schaute ihr weiter in die Augen und sah, wie sie an seinem Gesicht herunterwanderten. Er tat es ihr gleich und bemerkte eine smaragdgrüne Halskette an ihrem Hals. Der Stein leuchtete im gleichen grün wie ihre Augen.

„Gefällt dir die Kette?", flüsterte sie, ihre Augen richteten sich auf seine Lippen.

„Wo hast du die her?", flüsterte er zurück und wanderte mit seiner Hand an ihrer Hüfte herunter.

„Von der Erde …"

Vyctor griff zu, er spürte ihren kurvigen Hintern durch den Stoff der Schuluniform. Im selben Moment schloss sie ihre Augen und legte ihre Lippen auf seine. Er erwiderte ihren Kuss und griff nun auch mit seiner anderen Hand zu.

Carlas leichtes Atmen zwischen den Küssen ließ ihn nach mehr verlangen und er zog sie immer weiter an sich heran. Ihre Körper berührten sich und sie tasteten sich beide mit einer unstillbaren Neugier ab.

Vyctor konnte sein Verlangen nicht zurückhalten und drückte Carlas Körper zur Seite, um sie auf den Schreibtisch zu setzen. Sie ließ sich nieder und er spürte, wie sich ihre Beine um seine Hüfte klammerten und sie ihn an sich heranzog.

Als ihre Hände über seinen Oberschenkel strichen, knallte es draußen.

Beide schraken zusammen, der Regen prasselte nun noch stärker gegen das Panoramafenster.

„Hat dich der Donner erschrocken?", fragte Carla und zog Vyctor wieder an sich heran.

„Ja …", flüsterte er und sah sein eigenes lüsternes Spiegelbild in ihren Augen.

Doch ehe er sie wieder küssen konnte, vibrierte es plötzlich auf dem Tisch, *Vica <3* stand auf dem Handy. Vyctor griff nach seinem Handy und sah, wie Carlas Blick enttäuscht nach unten sank. Ihre Beine verloren an Spannung, bis sie sich schließlich komplett lösten.

„Wo bist du?", fragte Vica am Telefon, ihre Stimme stach wie ein Messer in Vyctors Ohren.

„In der Bibliothek."

„Willst du die ganze Nacht dort verbringen?"

Vyctor schaute zu Carla an und vergewisserte sich, dass sie das Gespräch mithören konnte. „Ja, es ist schön hier."

Die Augen des jungen Mädchens weiteten sich, sie antwortete mit einem schmalen Lächeln.

„Bist du allein?"

„Wieso?", fragte Vyctor und stupste Carla mit seinem Knie an.

„Nur so … weißt du jetzt wer dir den Brief geschrieben hat?"

Vyctor hatte keine Gewissheit, doch eine Ahnung. Er schaute Carla fragend an. Sie drehte sich mit roten Wangen von ihm weg und presste ihre Beine zusammen.

„Nein, ich habe keine Ahnung."

In diesem Moment, sah Vyctor Carlas Dankbarkeit in

ihrem Gesicht. Sie sah erleichtert aus, als würde sie sich vor Vica fürchten.

„Und wie kommst du nach Hause?", hakte Vica weiter nach.

„Keine Ahnung …"

Es herrschte eine kurze Stille am anderen Ende, doch schon bald polterte es, der Anruf wurde beendet. Vyctor verstand nicht und starrte auf das Display. War die Verbindung vielleicht abgebrochen?

Ich hole dich, schrieb Vica plötzlich und Vyctors Herz blieb kurz stehen. Er realisierte, dass der Moment zwischen ihm und Carla vorbei war. Vica war seine Freundin und diese hatte er gerade hintergangen.

Carla linste auf das Display und brach die unangenehme Stille mit einem kurzen „Oh." Sie stand vom Tisch auf und ging an Vyctor vorbei, wobei sie ihn mit der Schulter anrempelte.

Ihre Blicke trafen sich erneut, doch keiner von beiden zauberte dem anderen ein Lächeln ins Gesicht. Carla musste genauso gut wie Vyctor wissen, dass es nun vorbei war. Ihre kurze Affäre sollte nur wenige Minuten gedauert haben.

„Hat dir der Brief gefallen?", fragte sie Vyctor und hob diesen vom Tisch auf.

„Jemand hat sich viel Mühe damit gegeben."

„Das stimmt", antwortete Carla und knüllte den Brief zusammen.

„Was tust du?", fragte Vyctor. Bevor er ihr den Brief wiederwegnehmen konnte, verschwand er in ihrer Jacke.

„Dann geht der Brief wohl zurück an seinen Absender …" Sie drehte sich nicht mehr um, sondern ging geradeaus zurück auf ihren Platz. Sie setzte sich wieder vor den blau leuchtenden Bildschirm und steckte sich Kopfhörer in die

Ohren.

Vyctor blieb nichts anderes übrig als sich ebenfalls wieder auf seinen Platz zu setzen und zu warten. Zu warten auf seine Freundin.

Es dauerte nicht lange, bis die knallende Fahrzeugtür von Vicas Auto den Donner der Blitze von draußen übertönte. Vyctor zählte die Sekunden, bis seine Freundin durch die Schiebtür der Bibliothek kam. Ihr Blick war starr, als sie auf ihn zu kam. Das Wasser tropfte von ihren Haaren und perlte an der Lederjacke ab. Sie stellte sich vor ihren Freund und verschränkte die Arme.

„Du warst aber schnell", begrüßte Vyctor sie.

„Hast du dich hier mit deiner Neuen getroffen?"

Vyctor hob seine Hand und zuckte mit den Augenbrauen. „Carla ist hier."

„Sie kann ruhig mitbekommen, was für eine Scheiße du hier abziehst."

„Was für eine Scheiße ziehe ich denn ab?"

„Vyctor, von wem ist dieser Brief?" Vica wurde laut, sie lehnte sich beim Sprechen nach vorne, sodass der Klang ihrer Stimme seinen ganzen Kopf zum Beben brachte.

„Ich weiß es nicht."

„Sag es mir!"

„Ich weiß es doch nicht!"

Während Vica Vyctor ins Ohr schrie, sah er, wie Carla ihre Kopfhörer rausnahm und aufstand. Sie schaltete den Bildschirm vor sich aus und ging auf die beiden zu.

Vicas Schreierei endete abrupt, als Carla den zerknüllten Brief auf den Tisch knallte. „Er hat nichts gemacht. Ich habe ihm den Brief in seine Jacke gesteckt."

„Du warst das?", fragte Vica und schob Vyctor auf seinem Stuhl beiseite.

„Ich habe nichts mit ihm. Ich wollte ihm nur irgendwie

meine Gefühle gestehen. Ich wollte mich nie zwischen eure Beziehung stellen."

„Oh, haha, ach so. Weißt du, was du mit diesem Brief angerichtet hast? Weißt du, wie sich das für mich angefühlt hat, als ich ihn in seiner Tasche gefunden habe?"

„Dann hör doch einfach auf, seine Sachen zu durchsuchen. Er hätte sowieso nichts gemacht."

„Sag mir nicht, was ich zu tun habe! Such dir irgendeinen anderen, aber halt dich von mir und meinem Freund fern, du Gestörte!"

Die Diskussion spitzte sich zu und beide Mädchen wurden immer lauter. Vyctor sah den Speichel durch die Gegend fliegen, je näher sie sich kamen. Ihre Köpfe liefen rot an, beide zeigten mit dem Finger aufeinander.

Die Lage spitzte sich so zu, dass irgendwann eine Hand ausrutschte. Mit Tränen in den Augen, drehte Carla sich zur Seite und hielt sich die Wange. Vica schubste sie und sie fiel mit ihren Rippen gegen den Schreibtisch.

Vyctor sprang auf, riss den Arm seiner Freundin runter und zog sie von Carla weg. Vica wehrte sich, doch ihr Freund nutzte den Schwung des Aufstehens, um sie gegen das Glaspanorama zu drücken.

„Stopp jetzt!", fauchte er.

„Lass mich los!", erwiderte sie.

Ihr Kampf ging noch eine Weile so weiter, bis Vicas Kraft nachließ und Vyctor spürte, dass ihre Arme allmählich absackten. Er schaute sie an, versuchte ihre Gedanken zu lesen und kam zu dem Schluss, dass ihre Gegenwehr beendet war.

Dann drehte er sich um. Carla hatte sich wieder aufgerafft, doch hielt sich noch immer die Wange. Tränen flossen und ihr Schluchzen war nicht zu überhören.

„Hast du dich jetzt beruhigt?", fragte er Vica und presste

ihren Arm noch einmal gegen die Scheibe.

„Ja!", rief sie ihm entgegen. „Und jetzt lass mich los!"

Vyctor warf seiner Freundin noch einen letzten prüfenden Blick zu und ließ sie schließlich los. Er schaute wieder zu Carla und sah, wie ein Blutstropfen unter ihrer Hand hervorkam.

„Fuck … ich hole ein Tuch." Er eilte aus der Bibliothek und rannte ins nächste Badezimmer. Er riss das Papier zum Abtrocknen der Hände aus der Halterung und eilte wieder in den Flur, als sich die Schiebetür am anderen Ende des Ganges aufschob.

Das bläuliche Licht eines Blitzes flutete den Flur und warf einen Schatten auf den Boden. Carla rannte aus der Bibliothek heraus, dabei rutschte sie beinahe aus.

Sie eilte auf Vyctor zu und das Nächste, was er wahrnehmen konnte, war ihre Hand. Sie griff nach seiner, zog ihn hinter sich her. Sie rannte, als würde sie ein Monster jagen. Vyctor blieb nichts anderes übrig, als mit ihr mitzuhalten. Sie rannten den kompletten Flur entlang und er spürte, dass etwas an Carlas Händen war. Mit jedem Mal, dass sie ihn hinter sich herzog, rutschte er ab und verlor beinahe sein Gleichgewicht.

Seine Augen schafften es einen Blick nach unten zu erhaschen. Die Zeit schien stillzustehen: *Blut. An Carlas Händen klebte Blut.*

Er hörte das Zischen einer Schiebetür und spürte im selben Moment einen starken Druck; erst gegen seine Brust, dann gegen seinen Mund.

Carla hatte ihn in ein Klassenzimmer geschubst und presste ihre Hand gegen seine Lippen. Sie starrte ihn mit ihren grünleuchtenden Augen an. Sie lag auf ihm, ihr Körper rieb sich an seinem. Er spürte ihr Knie, wie es gegen seinen Schritt drückte und entschied sich, sich nicht zur

Wehr zu setzen.

Die Tür schob sich wieder zu und Carla legte ihre andere Hand auf seine Wange. „Du musst jetzt leise sein.", flüsterte sie mit zitternder Stimme.

Vyctor verstand nicht und versuchte langsam seinen Kopf zu drehen, um seinen Mund zu befreien, doch Carla drückte seine Wangen zusammen und schüttelte mit dem Kopf. „Sie darf uns nicht hören.", ergänzte sie und legte ihren Zeigefinger auf ihre eigenen Lippen.

Sprach sie von Vica? Was war passiert? Wo war sie? Die Fragen überschlugen sich, doch wenn er nicht ruhig blieb, würde Carla ihre Hand nie von seinem Mund nehmen. Er nickte mehrmals und gab ihr zu verstehen, dass er leise sein würde.

Als sich ihre Hand von seinen Lippen löste, spürte er, dass das Blut von ihren Händen über seinem Mund bis zu seinem Kinn verteilt war. Es klebte und ein metallischer Geschmack breitete sich in seinem Mund aus, als er ihn öffnete. „Was ist passiert?"

Carla lehnte sich zurück, setzte sich von ihm runter. Sie rieb ihre rot triefenden Hände an ihrem weißen Hemd und schaute immer wieder panisch nach hinten. „Es war Vica!", flüsterte sie und zog ihren Ärmel hoch. Eine Schnittwunde zog sich vom Handgelenk bis zum Ellenbogen.

Vyctor sah, wie immer noch Blut austrat. Instinktiv griff er nach ihrem Arm und presste die Tücher auf die Wunde. Carla kniff die Augen zusammen und stöhnte, doch sie biss sich schnell auf die Hand.

„Hat sie ein Messer?"

Carla nickte.

„Sie hat versucht dich umzubringen?"

Carla nickte erneut.

Vyctor konnte das nicht glauben. Seine Freundin hatte

versucht einen anderen Menschen umzubringen? Die Freundin, mit der er jeden Tag unterwegs war? Die Freundin, der er seine Liebe gestanden hatte? Die Freundin, die er begehrte? „Wie bist du entkommen?"

Carla nahm ihre blutige Hand und legte sie auf Vyctors, um gemeinsam auf die Wunde zu pressen. „Sie ist direkt wieder auf mich losgegangen. Sie hat an meinen Haaren gezogen und mich getreten ... plötzlich sah ich die Klinge vor mir und schaffte es sie wegzustoßen ... dabei schnitt sie mir in den Arm ..." Carlas Augen füllten sich wieder mit Tränen und sie fing an zu weinen. Aus ihren Augen schoss es wie ein Wasserfall und sie hielt sich wieder die Hand vor den Mund, um nicht zu schreien.

Vyctor kramte nach seinem Handy, doch die Erkenntnis traf ihn schwer. Es lag in der Bibliothek. Er musste ruhig bleiben und sich erst einmal um Carla kümmern. „Hat sie dich noch woanders erwischt?"

„Psst!", fauchte Carla plötzlich und drückte ihre Hand wieder gegen Vyctors Lippen. „Ich höre sie!"

Vyctor gefror das Blut in seinen Adern. Er hielt buchstäblich die Luft an und lauschte den Geräuschen außerhalb des Raumes. Überall um ihn herum hörte er, wie der Regen auf den Boden oder gegen das Glas prasselte. Der Wind pfiff und auf jeden Blitz folgte ein ohrenbetäubender Donner. Vyctor war sich nicht sicher, doch irgendetwas hörte er vom Flur aus. Etwas leises schlich durch die Gänge und er konnte seinen Blick nicht von der Tür lassen.

Jede Sekunde, die er auf dem Boden verweilte, wurde zur Folter. Vica hätte nur durch Zufall an dem Raum vorbeigehen müssen und es wäre aus. Sie würde sie finden. Sie würde Carla töten ... doch was würde sie mit ihm tun? Er hatte nichts Unrechtes getan ... nichts wovon sie wusste.

Er überlegte weiter und wurde sich seiner Meinung

immer klarer: Vica würde ihn auch töten. Mit zitternden Händen zog er an Carlas Kragen. „Kameras."

Carlas Augen weiteten sich und sie drehte sich um. In der Ecke des Raumes war eine Überwachungskamera und diese würde bestimmt nicht ausgeschaltet sein. Ihr Blick richtete sich wieder auf Vyctor, sie schien nachzudenken. Ihr ganzer Körper fing an zu zittern und ihre Atmung wurde schwerer.

Carlas Panik ließ Vyctors Herz wieder schneller schlagen. Er spürte, wie ihm der Schweiß an der Schläfe herunterfloss. Carla schien ahnungslos. Sie war überfordert. Sie hatte keine Idee, wie sie hier lebend rauskommen sollten. Wie also sollte Vyctor ruhig bleiben? Vica müsste nur auf die Idee kommen, sich die Aufzeichnungen der Kameras anzuschauen und würde sofort wissen, wo sie sich versteckt hielten.

Die Hand des Mädchens, umschloss schließlich wieder Vyctors und sie sprangen im selben Zuge auf. Sie zog ihn mit sich, gemeinsam stürmten sie aus dem Klassenzimmer heraus, inmitten des bedrohlichen Ganges.

Hatte Carla einen Plan? Ja, bestimmt! Vyctor musste nichts tun, als ihr zu folgen. Sie mussten es nur zum Ausgang schaffen und alles wäre wieder gut. Doch Carlas Schritte wurden langsamer, je näher sie der nächsten Abbiegung kamen. Keiner von beiden konnte sehen, was sie dort hinter der Ecke erwartete. Vyctor wusste nicht wo Vica war. Er wollte es auch nicht herausfinden, indem sie blind um die Ecke liefen und auf sie trafen.

Er blieb stehen und zog Carla ein Stück zurück. „Wenn wir in die Bibliothek gehen, kann ich mein Handy holen.", flüsterte er und legte seine Hände behutsam auf ihre Schultern.

Doch Carla schüttelte mit dem Kopf. „Wir gehen nicht

zurück, auf keinen Fall!"

„Was ist dann dein Plan?"

„Um die Ecke und ab zur Treppe."

„Und was, wenn sie genau dort steht?"

Carla warf Vyctors Hände von sich und schüttelte mit dem Kopf. „Sie wird nicht da sein, vertrau mir einfach." Sie starrte ihn wie so oft erneut an, doch wanderten ihre Augen plötzlich von ihm. Sie schaute an ihm vorbei, begann langsamer zu atmen.

Vyctors Atem wurde parallel dazu immer schneller und er spürte, wie sein Überlebensinstinkt kurz davor war die Kontrolle zu übernehmen. Warum starrte Carla an ihm vorbei? Was war dort hinter ihm?

Es knallte. Kalter Wind fegte an Vyctor vorbei und er hörte, wie Glas hinter ihm zersprang. Er hatte genug. Er hatte keine Ahnung, was es war, aber er hatte genug.

Er hörte Carlas Schreie hinter sich, als er um die Ecke rannte, direkt auf die Treppen zu, doch es war ihm egal. Er musste nur noch zwei Stockwerke nach unten und aus der Eingangstür heraus. Dann wäre er sicher.

Sein Plan ging fürs Erste auf und er erreichte die Treppen. Als er seinen Fuß auf die erste Stufe setzte, drehte er sich kurz um. Die Neugier in ihm war einfach zu groß, er musste wissen, was hinter ihm geschah. Er sah Carla, wie sie auf ihn zu rannte. Er hatte ein Mädchen noch nie so schnell rennen sehen, doch er wollte auch nicht näher wissen, warum sie so schnell rannte.

Er übersprang immer wieder mehrere Stufen und sein Weg nach unten glich eher einem Springturnier statt dem eines Sprints. Er erreichte die erste Etage und drehte sich erneut um. Carla war hinter ihm, sie hatte die Stufen ebenfalls erreicht. Wenn er es schaffte, würde sie es vielleicht schaffen.

Er übersprang wieder Stufe für Stufe, bis er im Erdgeschoss ankam und lossprinten wollte, als ihn sein Gewissen erstarren ließ. Selbst wenn er es schaffen würde, könnte Carla immer noch sterben. Wenn er jetzt einfach rausrannte, könnte Vica sie immer noch einholen. Er drehte sich um und sah Carla, wie sie die Treppenstufen herunterrannte. Ihr Blick war nur noch nach unten gerichtet, vermutlich um jede Stufe zu treffen.

Als sie kurz hochschaute, schrak sie zurück und rutschte aus. Vyctor musste sie erschreckt haben. Er griff nach ihrer Hand, legte seine andere um ihre Hüfte. Sie schauten sich wieder in die Augen, am liebsten hätte Vyctor sie geküsst, doch dazu war keine Zeit.

Mit Carla an der Hand rannte er weiter, der Ausgang war zu sehen. Doch Carla blieb abrupt stehen. „Geh vor, ich will bei den Überwachungskameras schauen, wo Vica ist."

„Lass uns doch einfach abhauen." Vyctor pochte darauf endlich zu verschwinden.

„Wenn sie am Fenster steht, kann sie uns immer noch einholen."

„Ich komme mit dir, ich lasse dich nicht allein!"

„Nein!", fauchte Carla und schubste ihn zur Seite. „Geh jetzt!" Sie wandte sich von ihm ab und rannte nach rechts. Sie rannte unnötigerweise nach rechts, statt einfach geradeaus in die Freiheit.

Sie verschwand hinter der Tür zum Empfangsraum und Vyctor stand vor einer wichtigen Entscheidung. Die Tür zur Freiheit war offen. Es trennten ihn nur noch wenige Meter; doch was war mit Carla? Vica wollte sie umbringen und trotzdem war sie dumm genug, noch für einen Moment hierzubleiben.

Die Entscheidung war getroffen.

Vyctor rannte ebenfalls nach rechts und fiel in die Tür

zum Sicherheitsraum. Carla erschrak und drehte sich mit aufgerissenen Augen um. Das Licht der Bildschirme flackerte im Hintergrund, wieder traf ein Blitz irgendwo in der Nähe ein und der laute Knall hallte durch das Schulgebäude.

„Ich habe gesagt du sollst abhauen!", schrie Carla ihn plötzlich an und ging auf ihn zu. „Warum hörst du nicht?" Sie kam immer näher, ihr Kopf lief rot an. Sie schrie und fuchtelte mit ihren Armen herum, bis sie ein Messer in der Hand hielt.

Sie stoppte nicht, ging weiter auf ihn zu.

Vyctor schaute für einen letzten Moment an ihr vorbei und sah Vica auf einem der Bildschirme. Sie lag tot in ihrer eigenen Blutlache in der Bibliothek.

„Es hätte unsere Nacht werden können. Unser Moment. Wir waren nur zu zweit. Wir beide, nachts in der Bibliothek."

Psych

Commissioner May hielt sich seine bleiche Hand vor die Augen, um dem Neonlicht des Schildes, welches am Eingang des Clubs hing, zu entfliehen. Er nahm einen letzten Zug von seiner Zigarette und warf sie anschließend auf den Boden. Dann betrat er den Ort des Geschehens.

Zwei schwergepanzerte Sicherheitskräfte kamen ihm entgegen. Kurz blickte er auf die tiefschwarzen Displays, die ihre Gesichter verdeckten. Sie stoppten und machten ihm Platz, indem sie ihre Maschinenpistolen mit dem Lauf nach unten zur Seite schwenkten. May nickte ihnen zu und ging weiter.

Sofort schoss ihm der stechende Gestank von Schweiß und Alkohol in die Nase, doch daran war er bereits gewohnt. Er ging durch den Eingangsbereich und betrat die Tanzfläche. Etwa zehn Meter vor ihm lagen zwei Leichen in einer Blutlache, welche von einer projizierten Absperrung umgeben waren und um die drei weitere schwergepanzerte Sicherheitskräfte standen.

Dann fiel sein Blick zur Seite. Ein junger Mann mit dunklem Haar saß auf einer roten Lederbank hinter einem runden Glastisch. Es war der Täter.

Eine Sicherheitskraft entfernte sich von ihren Kollegen und ging auf May zu. „Wir haben einen Revolver gefunden. Er hatte sechs Schuss. In der Jacke des Täters, fanden wir ein halbes Gramm Kokain. Der Analysebot untersucht gerade sein Blut." Mays Mundwinkel zuckten nach oben, ehe er die Sicherheitskraft mit einer Handbewegung beiseite schickte und sich auf einen Stuhl gegenüber des Täters setzte.

Die Scheinwerfer des Clubs waren noch immer in vollem Gange und das wechselnde Licht reflektierte sich in den umstehenden Gläsern. „Ich habe beide abgeknallt, reicht das als Geständnis?", fragte der Mann mit einer kratzigen Stimme. Er klang nervös und sein Blick blieb gesenkt.

Der Commissioner schaute ihn sich noch einen Moment lang an: Die Haare des Mannes waren verschwitzt, von seiner Stirn rann der Schweiß herunter. An der Lederjacke waren keinerlei Patches oder Symbole zu erkennen, lediglich ein schmaler Gurt war durch den offenen Reißverschluss zu sehen. Vermutlich war daran der Revolver befestigt gewesen.

Dann griff der Commissioner in die Innentasche seines Mantels und zückte ein schmales Tablet. Er schaltete es ein und sofort poppte ein Steckbrief des Täters auf. „Sie sind North Butler, einundzwanzig Jahre alt und stammen von der Erde. Korrekt?"

„Ja verdammt. Ich wars, können sie mich jetzt abführen?", murmelte North Butler schnippisch und die neongrünen Augen blickten hektisch hin und her.

„Ich habe die Überwachungsaufnahmen schon längst gesehen. Ich weiß, dass sie es waren.", antwortete May und setzte sein Verhör fort. „Sie leben seit zwei Jahren auf Elon und haben sich viel in den Grenzzonen zwischen dem Ostasiatischen-Distrikt und den Isolierten-Bezirken aufgehalten. Korrekt?"

„Meine Fresse ... Ja!"

May biss sich auf die Unterlippe. Es war ganz schön ungewöhnlich, dass sich ein Mensch bei den Isolierten-Bezirken aufhielt. Dort lebte nur eine kleine Gruppe von diesen Psychs, eine Sekte. Die Asiaten gewährten ihnen diesen Platz zum Leben, warum auch immer. „Haben sie Freunde bei den Psychs?"

„Nicht nur Freunde, ich bin einer von ihnen."

Die Augen des Commissioners wurden schmal. Er schaute in die leuchtenden Augen des Mannes und ließ seinen Blick wieder auf sein Tablet zurückschweifen. In dem Steckbrief stand ganz klar *RASSE: MENSCH*. May wischte auf seinem Tablet mehrmals zur Seite und rief die Bewohnerdatenbank seiner Firma auf. Das Sicherheitsunternehmen Kangal war für die innere und äußere Sicherheit des europäischen Distriktes in New Pretoria zuständig, weshalb sie über alle notwendigen polizeilichen sowie militärischen Mittel verfügten. Irgendwo hier in dieser Liste mussten auch Norths Eltern aufgelistet sein. Dann wurde May fündig. *Ruth Butler, MENSCH. James Butler, MENSCH.* North konnte kein Psych sein. „Sie sind also einer von denen?"

„Ja!"

May wischte wieder auf seinem Tablet herum und öffnete schließlich das geheime Register seiner Firma für Psychs, nicht das offizielle der Einwanderungsbehörde. „Wie kommt es dann, dass sie nicht im Psych-Register auftauchen?", fragte er. Wenn dieser Kerl tatsächlich ein Psych war, dann hatten seine Firma und die Behörden mächtig Scheiße gebaut.

„Auf der Erde juckt es niemanden, ob man Mensch oder Psych ist, da sind wir alle gleich."

May wusste, dass das gelogen war. Auf der Erde gab es keine Psychs, dafür hatte Kangal gesorgt. „Wir sind hier aber nicht auf der Erde, Mister Butler."

„Meine Freunde erzählten mir, dass die Gesetze hier anders sind."

„Warum sind sie dann überhaupt hierhergekommen?" May wusste immer noch nicht, was er jetzt tun sollte. Wenn der Täter tatsächlich ein Psych war, musste er umgehend einen Agenten verständigen. Psychs waren eine Gefahr für sich selbst und die Gesellschaft.

„Bei meiner Ankunft war ich noch keiner von ihnen."

May starrte den Mann an. „Wenn sie jetzt einer sind, warum tragen sie dann diese leuchtenden Augen? Dachte bei euch handelt es sich eher um die naturverbundene Sorte." Von dem, was May über die Sekte in den Isolierten-Bezirken wusste, war, dass diese strikt gegen Technologie und Robotik waren. Sie beteten irgendeine schwachsinnige Gottheit an, welche ihnen angeblich ihre nichtmenschlichen Fähigkeiten verlieh. Dabei hatte Kangal schon vor über zehn Jahren herausgefunden, dass sich die DNA-Stränge der Betroffenen sehr stark in kurzer Zeit verändert hatten. Vermutlich durch die starke Strahlung an den Polen des Planeten, nicht durch irgendeine Gottheit.

„Und nur weil ich Kontaktlinsen trage, bin ich kein Psych mehr? Warum differenziert ihr Wichser *von Kangal* überhaupt zwischen Menschen und Psychs?"

Mays Herz blieb für einen Moment stehen. Der Kerl konnte nicht wissen, dass er *von Kangal* war. Nichts an seiner Kleidung verriet ihn, auch die Sicherheitskräfte trugen extra die internationalen Uniformen der UN. Als Sicherheitsunternehmen, hatte Kangal nichts in diesem Randbezirk zu suchen, zumindest nicht offiziell. Dieser Randbezirk galt als autonom und unter der Kontrolle der UN, welche Kangal nur unter strikten Auflagen operieren ließ.

Der Commissioner drehte sich zu seinen Kollegen. „Ist die Analyse fertig?"

Eine Sicherheitskraft nickte und schickte den Roboter zu May. Die humanoid aussehende Maschine stampfte über den versifften Boden und stellte sich vor den Commissioner. „Untersuchungen Abgeschlossenen.", sagte die elektronische Stimme.

May verdrehte die Augen und wartete. Jedes Mal musste man diesen scheiß Dingern zig Fragen stellen, ehe man eine

Antwort bekam. „Irgendwelche ungewöhnlichen Funde im Blut?"

„Die Untersuchungen ergaben, dass sich eine geringe Menge Kokain im Blutkreislauf von North Butler befindet."

Okay gut, gut … May atmete auf und er spürte, wie sich sein Herzschlag allmählich normalisierte. Vielleicht lag es am Kokain, dass der Typ so viel Schwachsinn erzählte.

„Glauben sie mir, dass es nicht am Koks liegt, dass ich so viel über sie weiß.", erklärte der Mann plötzlich.

Mit weit geöffneten Augen drehte der Commissioner sich wieder zu ihm, konnte der Mann Gedanken lesen?

Plötzlich schaute er in das Gesicht eines selbstbewussten Erwachsenen. North hatte sich gegen die Rückbank gelehnt und legte einen Arm lässig auf den Tisch. „Sie müssen von Kangal sein. Das hier ist doch euer Einflussbereich. Die UN hat doch einen Deal mit Human Robotics und Kangal, oder nicht?"

Seine Firma und die Behörden mussten mit ziemlicher Sicherheit viel Scheiße gebaut haben. Oder das Registrierungsamt hatte schlampige Arbeit geleistet. Man konnte nicht einfach so ein Psych werden, man wurde so geboren. Es wären mehrere Generationen notwendig gewesen, welche der permanenten Strahlung der Pole ausgesetzt waren, um Butler zu einem Psych zu machen. „Okay, North Butler, sofern das ihr richtiger Name ist, dann erzählen sie mir doch mal von der Tat hier."

„Ich weiß gar nicht, wo ich anfangen soll."

„Ganz einfach: Warum haben sie diese Menschen ermordet?"

„Tz, weil sie es verdient hatten."

„Und wieso?"

„Der Typ da, hat die ganze Zeit um die Frau da

herumgetanzt, sie angefasst und irgendwann mit ihr rumgemacht."

May nickte. Er hatte ganz vergessen, dass die beiden Leichen eine Frau und ein Mann waren. „Und? Aus den Zeugenberichten des Vorberichtes geht hervor, dass die Spielereien einvernehmlich waren. Außerdem habe ich in den Aufnahmen gesehen, dass sie nicht wirklich abgeneigt von ihm war. Kannten sich scheinbar."

„Natürlich kannten sie sich. Genau das ist es doch, was die Sache noch viel widerlicher macht."

„Erklären sie es mir."

Warum hatte North Butler plötzlich seine Persönlichkeit gewechselt? Eben wollte er noch ohne große Anstrengung verhaftet werden. Es war, als säße May einer anderen Person gegenüber.

„Die Frau ist verheiratet, hat zwei Töchter. Der Mann einen Sohn. Ich wollte nicht mit ansehen, wie beide ihre Familien zerstören." Ein schmales Lächeln legte sich über Butlers Gesicht.

„Und das hat sie so sehr provoziert, dass sie beide töten mussten?"

„Finden sie das etwa nicht unmoralisch? Oder widerlich? Es ekelt mich noch immer an, wenn ich nur daran denke."

May wusste worauf Butler hinaus wollte, doch dass ein vermeintlicher Psych sich das Recht rausnahm, zwei Menschen zu töten, war in keiner Weise zu entschuldigen. „Knallen wir jeden von euch ab, nur weil ihr euch fragwürdig verhaltet?"

„Die meisten von uns schon, ja."

Der Commissioner presste ein leeres Lachen heraus. Noch so einer, der sich rassistisch behandelt fühlte. „Sie haben zwei Menschen, eine Mutter und einen Vater kaltblütig ermordet, nur weil sie sich näherkamen."

„Der Frau in den Hinterkopf, dem Mann in die Schläfe."

Der eiskalte Blick des Täters verunsicherte May zunehmend. Es war kein Funken Reue oder Scham zu erkennen. Sein Gegenüber konnte kein Mensch sein. Er drehte sich wieder zum Analysebot. „Mach einen DNA-Test."

„Jetzt haben sie Angst, dass ich doch ein Mensch sein könnte, oder?"

„Halten sie kurz die Klappe", antwortete May und überlegte, was er alles in der Ausbildung gelernt hatte. Psychs hatten schmale Gesichtszüge und spitze Ohren, doch je länger er North Butler inspizierte, desto mehr menschliche Details fielen ihm auf. Es brachte sowieso nichts, es waren doch eh nur klassische Stereotype, die der Konzern verbreitete. Was aber definitiv stimmte war, dass Psychs über übernatürliche Kräfte verfügten. Sie konnten Objekte bewegen, ohne sie anzufassen. Angeblich konnten sie auch in die Köpfe so mancher Menschen eindringen, was May allerdings nur für ein Gerücht hielt.

„Hatten sie das noch nie in ihrem Freundeskreis, dass sich die Partnerin oder der Partner einer ihrer Freunde falsch verhalten hat und sie ihr oder ihm am liebsten die Kugel geben wollten?", fragte Butler ruhig.

„Ich nehme mir das Recht nicht raus, Menschen wegen etwas zu töten, was nicht illegal ist."

„Legal oder illegal … sehen sie denn nicht, dass diese ganzen Gesetze und Vorstellungen von Freiheit nur zu Leid und Verkommenheit führen?"

„Wenn ich mir sie so ansehe, denke ich eher, dass Leute wie sie die einzigen unmoralischen hier auf diesem Planeten sind." Die Denkweise von diesem North Butler passte auf die Ideologie der Sekte in den Isolierten-Bezirken. Sie hatten   eine   klare   Vorstellung   von   Moral   und gesellschaftlichen Normen. Sie lebten in Askese und hatten nichts übrig für Lust und Vergnügen. *Was für arme Schweine,* dachte May.

Doch Butler lehnte sich nach vorne und schmiss sich sofort wieder auf die Bank zurück. Er fing an zu lachen und fasste sich dabei an den Bauch. Sein Kopf wurde rot und eine Träne verließ sein Auge. „Leute wie ich? Der Mann dort, ja? Der Mann dort, der da mit aufgeplatztem Kopf liegt und nie wieder auch nur irgendwie auf dieser Welt wandeln wird, ja? Genau dieser Typ hat seiner Frau vor vielen Jahren die Treue geschworen und ihr das *Ja-Wort* gegeben. Und dann, sechzehn Jahre später entscheidet er sich dazu, seine Frau zu betrügen?"

„Sie wissen aber ganz schön viel über die privaten Umstände."

„Glauben sie, dass es das erste Mal war, dass dieser Typ das getan tat? Oder kommen wir auf die Frau zu sprechen: Ihr Mann ist geschäftlich unterwegs, weiß *der Schatten* wo, und anstatt auf ihn zu warten und sich um ihre Kinder zu kümmern, lässt sie diese Zuhause und geht in diesen Club, um Spaß mit einem Mann zu haben, der selbst verheiratet ist? Und *ICH* bin der unmoralische?"

„Sie haben eine Mutter und einen Vater ermordet."

„Ich habe ihre Familien lediglich erlöst. Glauben sie mir, den Kindern geht es besser, wenn sie wissen, dass sich irgendjemand darum gekümmert hat, anstatt dass sie sie selbst irgendwann erwischen und den Drang bekommen sie zu töten. Und glauben sie mir, diesen Drang dazu hätten sie bekommen." Butlers Mundwinkel zuckten und May sah, wie er versuchte seine Tränen im Zaum zu halten. „Können sie mir wenigstens erklären, weshalb die Leute so etwas tun?"

„Betrunken begeht man eben Fehler."

„Und warum trinken die Leute dann? Wieso setzen sie sich der Gefahr aus, etwas Falsches zu tun? Warum nehmen sie es in Kauf, dass sie jemanden oder vielleicht sogar sich selbst verletzen könnten?"

„Muss ich das wirklich der Person beantworten, die Kokain im Blut hat?"

„Ja müssen sie. Ich bin mir der Wirkung und der Folgen dieser Droge durchaus bewusst, aber die Menschen scheinen es beim Alkohol nicht zu sein."

„Vielleicht aber doch und sie wollen einfach nur Spaß haben."

„Sind ihre Leben denn so langweilig und traurig, dass sie dafür Alkohol brauchen?"

May lehnte sich in seinem Stuhl zurück. Eins musste er diesem Psych-Sprössling ja lassen, in manchen Punkten hatte er recht. Was diese Frau und dieser Mann getan hatten, war widerlich. „Vielleicht sollten manche Menschen anfangen ihre Entscheidungen zu überdenken, da stimme ich ihnen zu."

Die Stimme des Täters wurde plötzlich tiefer, er schaute wieder auf den Tisch. „Stellen sie sich vor, wie es für die Kinder wäre, wenn sie sowas erfahren oder vielleicht sogar selbst miterleben würden. Und dann erwartet man von mir, dass ich damit leben könnte? Nur weil es nicht meine Eltern waren? Nur weil ich selbst schon erwachsen bin? Macht es das dann einfacher, über so eine abscheuliche und ekelhafte Tat hinwegzusehen? Solche Menschen sind Abschaum. Sie widersprechen allen moralischen Prinzipien."

„Und sie bestimmen jetzt, was moralisch ist und was nicht?" Wenn Butler wirklich ein Mitglied dieser Sekte war, dann musste Kangal umgehend dagegen vorgehen. Dieser asketische Lebensstil durfte sich unter keinen Umständen verbreiten. May wollte in keiner Welt leben, welche durch religiöse Vorschriften bestimmt wurde.

„Interessante Frage, Commissioner May."

Mays Auge fing an zu zucken und ein unangenehmes Gefühl ging plötzlich durch seinen Körper. Etwas stimmte nicht. Es war, als würde sich seine Sicht verändern. Die Klänge um ihn herum wurden dumpfer. Die Lichter der Scheinwerfer verblassten und Butlers Gesicht wurde immer schärfer, während die restliche Umgebung verschwamm.

„Gibt es so etwas wie Moral überhaupt, oder haben wir sie nur in unseren Köpfen erschaffen? Sind dann nicht wir die unmoralischen, wenn wir uns die Moral selbst zurechtgelegt haben?"

May fühlte sich, als hätte er selbst irgendetwas genommen. Er musste sich zusammenreißen und schüttelte sein Unwohlsein beiseite. „Moral ist ein gesellschaftliches Konstrukt, an dem wir uns orientieren sollten, Mister Butler. Und sie haben diese Moral gebrochen, indem sie zwei Menschen für eine Sache getötet haben, die sie nichts angeht."

„Aber wenn ich es nicht getan hätte, wer dann? Wer sorgt dafür, dass sich die Menschen moralisch verhalten? Ihre Nachkommen? Sitzen sie demnächst einem zwölfjährigen gegenüber, der seine Eltern getötet hat, weil einer von ihnen den anderen betrogen hat?"

„Ich bin für moralische Entscheidungen nicht zuständig." Doch je tiefer May in sich ging, desto mehr verstand er, was der Psych ihm sagen wollte. Er hatte nahezu jeden Tag mit den bizarrsten Motiven für Mord zu tun. Manche Morde hätte er sogar selbst begangen, wenn er nicht für Kangal arbeiten würde. Butler hatte auf seine eigene perverse Art und Weise recht.

„Wissen sie, was mich so sehr an diesen Menschen gestört hat?"

„Erzählen sie es mir." Er konnte sich nicht erklären

wieso, doch der Psych schien die unausgesprochene Wahrheit zu sagen. Es erfüllte ihn mit Befriedigung die Worte des Psychs zu hören, so etwas hatte er noch nie erlebt.

„Die beiden haben nur an sich gedacht. Nicht an ihre Partner, nicht an ihre Kinder. Sie wollten nichts als Sex, mehr nicht. Diese Leute haben sich bewusst dafür entschieden die Menschen links liegen zu lassen, die sich auf sie verlassen haben. Und das alles wegen ein bisschen Alkohol und für ein wenig Sex. In der Innenstadt bekommen sie es bestimmt viel mit chemischen Drogen zu tun, aber hier in den Vororten genügt bereits Alkohol, um zu einem Tier zu werden. Glauben sie mir, diese einfachen Leute sind weitaus schlimmer als jeder Junkie, den ihr in den Straßen auflest."

„Das gibt ihnen trotzdem nicht das Recht, diese Men…"", May spürte, wie es ihm immer schwerer fiel das Wort *MENSCH* auszusprechen. Er geriet in einen Konflikt mit sich selbst. Menschen … waren diese Frau und dieser Mann wirklich das, was man als Mensch bezeichnet sollte? Mensch … *möchtest du, dass die Menschheit so endet, May?* Mays Atem wurde schwerer und ihm wurde übel. Was war das? Was war das gerade? Er musste die Kontrolle über seinen Verstand behalten. „Das gibt ihnen noch lange nicht das Recht, diese *MENSCHEN* zu töten und …" Es fühlte sich an, als würde sich ein Schleier für einen Moment über ihn legen. Seine Sicht war noch immer verschwommen. Er wollte seinen Satz beenden, doch konnte es nicht. Etwas hielt ihn davon ab. Was war mit ihm los?

„Ich bin mir sicher, dass sie es jetzt verstanden haben."

Gerade als May eine weitere Frage stellen wollte, hörte er wie der Analysebot auf ihn zukam. „DNA-Überprüfung abgeschlossen."

„Und?"", fragte May und verschluckte sich fast vor

Aufregung.

Das Display des Roboters schaltete um, die Ergebnisse waren zu sehen, doch plötzlich zerriss das Glas und die Maschine klappte in sich zusammen.

May schaute zu den Sicherheitskräften hinüber, auch sie wurden plötzlich von *Etwas* zu Boden gerissen. Er riss seinen Kopf zum Täter rum und sah, wie dieser aufstand und ihm ein freches Lächeln zuwarf.

„Sie haben es verstanden, dessen bin ich mir sicher.", sagte Butler.

Der Commissioner blieb wie festgewachsen auf dem Stuhl sitzen und schaute dabei zu, wie North Butler einfach an ihm vorbei ging und sich neben die auf dem Boden liegenden Sicherheitskräfte stellte.

Mit aller Kraft riss May sich von seinem Stuhl los und widerstand der unsichtbaren Kraft, die ihn zu Boden drücken wollte.

Butler bückte sich zu einem der Sicherheitskräfte und löste die Pistole aus dessen Waffengurt. Dann schoss er einem der drei durch das Gesichtsdisplay mitten in den Kopf.

May griff in seinen Mantel, suchte nach seiner Pistole. Doch ehe er sie fand, zersprang bereits das zweite Display.

„Ich werde ihnen nichts tun, Mister May. Bleiben sie, wo sie sind, und lassen sie mich gehen.", sprach Butler, als er der dritten Sicherheitskraft die Kugel in den Kopf jagte.

May verharrte mit der Hand in seinem Mantel und rührte keinen Muskel. *Wenn du jetzt deine Waffe ziehst, bist du tot.*

„Denken sie das nächste Mal an meine Worte, wenn ihnen so etwas Unmenschliches auffällt."

Dieser Psych war geisteskrank ... *war er das? Hättest du diese Tiere nicht auch getötet?* Ja, verdammt! Allein die Vorstellung war ekelhaft! Alles an diesem Gesocks war ekelhaft, widerwertig, krankhaft ... *UNMENSCHLICH.*

North Butler steckte die geklaute Pistole schließlich in seinen eigenen Holster. Er drehte sich nicht mehr um.

May erkannte die Chance, seine Waffe zu zücken. Der Lauf war genau auf Butlers Rücken gerichtet, doch etwas hielt ihn davon ab, abzudrücken. Er konnte nicht … er wollte nicht. Dieses Monster musste gestoppt werden, doch es ging nicht. Mays Geist wehrte sich dagegen, diesen Psych umzubringen. Butler verließ den Raum, ohne auch nur ein letztes Mal zurückzuschauen.

Draußen ertönten weitere Schüsse, doch als man zwei dumpfe Knalle hören konnte, wusste May, dass Butler endgültig entkommen war.

Der Commissioner atmete tief ein und aus, er hatte die Waffe noch immer im Anschlag. Dieser Bastard war ein Psych. Er musste es sein … Doch … doch er hätte dasselbe getan … Er blickte auf seine toten Kollegen und brach zusammen.

Der Spuk hatte ein Ende, doch zu welchem Preis? Keine zehn Minuten später erreichten May zwei Transporter voller Kangal-Sicherheitskräften und Agenten.

Der Tatort wurde gereinigt, Fragen wurden gestellt und Antworten warteten nur darauf gefunden zu werden. Klar war nur: North Butler, war ein *Psych.*

Anna

Ich legte Messer und Gabel neben meinen Teller und schaute zu meiner Mutter. „Siehst du? Hat geschmeckt."

Sie antwortete mir nicht, doch ich wusste, dass ich es gut gemacht hatte. Ich stand auf und faltete meine Serviette zusammen, um sie auf meinen Teller zu legen. Dann räumte ich den Tisch ab und verabschiedete mich von meinen Eltern.

Ich lief voller Euphorie die Treppe hinauf und setzte mich vor den Spiegel in meinem Zimmer. Meine Zimmerleuchte spiegelte sich in meinen eisblauen Augen wider, doch auch die Schminke begann zu glänzen. Wahrscheinlich war es doch etwas warm über dem Kochtopf gewesen. Meine Wangen waren durch das ganze verwischte Rouge rot. „Dann gehe ich eben eine Stunde später los.", flüsterte ich mir selbst zu und fing an mich abzuschminken.

Ich verbrachte beinahe die komplette Stunde, die ich mir selbst aufgeschoben hatte, damit mich zurecht zu machen. Doch das Endergebnis? Ich war zufrieden und lächelte mir selbst im Spiegel zu.

Mein Name war Anna und ich war die Tochter eines PR-Unternehmers und einer Biologin. Ich war ein Einzelkind und das Verhalten meiner Eltern verriet mir, dass es auch so bleiben würde. Sie waren beide immer viel beschäftigt, doch an meinem Geburtstag nahmen sie sich Zeit für mich. Morgen sollte es auch wieder so weit sein und ich freute mich darauf, mit ihnen gemeinsam zu essen, genauso wie heute und die letzten paar Tage zuvor.

Ich hatte mir das Kochen von unseren Bediensteten beibringen lassen und zwang meine Eltern förmlich dazu in letzter Zeit mit mir zu essen. Doch auf Dauer reichte mir das nicht. Ich wusste, dass etwas fehlte. Ich wollte mehr

Leuten meine Kochkünste zeigen und was wäre ein besseres Geschenk, als jemand Fremdes für morgen einzuladen?

Meine Mutter und mein Vater hatten eine Stiftung für Bedürftige gegründet, wo sie kostenloses Essen und Klamotten zum Wechseln anboten, damit die armen Seelen nicht auf die Verbrecher in der Autonomen-Zone angewiesen waren. Und was wäre fairer, als jemanden zum Essen einzuladen, der es nötig hatte?

Ich lackierte mir noch die Nägel und warf einen schwarzen Blazer über mein weißes Top. Mein Vater hatte immer gesagt, dass ich aussehen würde, wie eine einsame Geschäftsfrau. Aber das war ich ja in gewisser Weise auch, oder?

Ich musste mich beeilen, bevor die Gemeinschaftsküche am anderen Ende der Straße schloss, sonst würde ich meinen potenziellen Gast für morgen verpassen.

Ich stieg in den Fahrstuhl und die Tür schob sich hinter mir zu. Ich drückte den Knopf fürs Erdgeschoss und lehnte mich an den Fahrstuhlspiegel. Die Fahrt vom 144. Stock bis zum Hotelempfang nahm mehr Zeit in Anspruch, als mir lieb war, doch als ich unten ankam, stolzierte ich aus dem Gebäude heraus und die kühle Luft der Stadt wehte in mein Gesicht. Es roch nach Mandarinen und Orangen von der Erde und überall rannten Männer in schicken Anzügen herum. Der eine mit Zigarette im Mund, der andere mit dem Handy am Ohr. Ich mochte es, von erfolgreichen Menschen umgeben zu sein. Man wurde gezwungen selbst erfolgreich werden zu wollen, und genau das hatte ich vor.

Auf meinem Weg zur Gemeinschaftsküche kamen mir bewaffnete Sicherheitskräfte entgegen, welche mich allerdings keines Blickes würdigten. Vermutlich waren sie auf der Suche nach Verbrechern oder Drogensüchtigen. Vor unserer Gemeinschaftsküche waren auch häufig

Sicherheitskräfte von Kangal, einem privaten Sicherheitsunternehmen, positioniert, falls sich Mal ein Süchtiger oder Dieb unter den Armen und Hilflosen befand.

Als ich ankam, gab es draußen tatsächlich eine Auseinandersetzung. Ich blieb einige Meter entfernt stehen und beobachtete, wie sich zwei Kerle gegenseitig schubsten und anschrien. Wenn ich ehrlich war, verstand ich nicht, wie man so ein unerzogenes Verhalten an den Tag legen konnte, vor allem in der Öffentlichkeit. Glücklicherweise schaltete sich der Sicherheitsdienst ein und zwabg beide Männer zu Boden. Doch als ich an ihnen vorbeigehen wollte, stellte sich plötzlich eine gepanzerte Silhouette in meinen Weg. Der Arm drückte gegen meine Brust und im Augenwinkel erkannte ich ein Gewehr.

„Was machen sie hier?", tönte es unter dem schwarzen Visier hervor.

„Ich bin Anna Lympia." Wusste dieser Trottel nicht, wer ich war? Meine Eltern zahlten Unsummen an Kangal, damit sie für Sicherheit sorgten und dabei erkannten diese Soldaten nicht einmal die Tochter ihres Auftraggebers.

„Sind sie verwandt mit Mister oder Misses Lympia?"

Ich konnte es wirklich nicht fassen und legte meinen Kopf zur Seite. „Ich bin die Tochter."

Das kühle Display starrte mich einen Moment an und rührte sich kein Stück. „Sie müssen sich ausweisen."

Kopfschüttelnd kramte ich in meiner Tasche herum und zückte mein Handy. Ich öffnete die ID-App und hielt sie dem Soldaten entgegen.

Das Display, welches das Gesicht des Soldaten vollständig verdeckte, bewegte sich nach unten und wieder wurde ich für einen Augenblick angeschwiegen. Dann drehte der Soldat sich von mir weg, versperrte jedoch noch immer meinen Weg. Wahrscheinlich musste er meine Daten noch durchgeben, ehe ich endlich Zutritt zu dem Eigentum meiner eigenen Familie bekam.

Ich nutzte die Zeit und linste durch die Glasfassade der Suppenküche. Die Tische waren voll und jeder aß fleißig. Mir fiel auf, dass so gut wie keine Frau unser Angebot annahm. Überall saßen verwahrloste Männer in alten, gräulichen Klamotten. Doch einer fiel mir ganz besonders ins Auge: Sein Haar sah aus wie das eines Straßenköters und sein Gesicht war knochig, doch seine grünlichen Augen stachen heraus. Ich war mir ziemlich sicher, dass es seine echten waren und keine Kontaktlinsen. Er hatte einen Tunnelblick über den Augenringen und starrte ins Nichts. Er schaufelte den Brei in sich hinein und verzog dabei keine Miene. Ich wusste nicht, ob es ihm schmeckte oder er sich ekelte. Sein Verhalten löste irgendetwas in mir aus und ich konnte meinen Blick nicht mehr von ihm lösen. Obwohl ich schon viele schöne Jungs an meiner Uni gesehen hatte, hob er sich von ihnen ab und mir wurde klar: *Er, er ist es.*

„Wissen ihre Eltern, dass sie hier sind?", fragte mich die Sicherheitskraft, während ich gedanklich schon beim Abendmahl mit meinem neuen Jüngling war.

„Ich habe eben noch mit ihnen gegessen."

„Die Zentrale erreicht aber niemanden."

Ich musste einfach grinsen und trotzte der Sicherheitskraft. „Meine Eltern haben viel zu tun. Sie können nicht jeden Anruf entgegennehmen. Außerdem ist diese Woche Familienwoche." Ich sah am Schütteln des Kopfes, dass ich den Mann unter dem Helm vermutlich zur Weißglut getrieben hatte, aber wer dumm fragte, bekam eben dumme Antworten.

„Gehen sie rein, aber passen sie auf. Wenn es ein Problem gibt, kommen sie sofort nach draußen, wir klären dann den Rest."

„Dankeschön.", antwortete ich ihm lächelnd und ging erhobenen Hauptes an ihm vorbei. Wenn sich diese Marionetten von Kangal nur ein bisschen weniger mit normalen Leuten wie mir beschäftigen würden, wäre dieser Distrikt ein wesentlich besserer und sichererer Ort.

Ich zwängte mich durch die Personengruppen hindurch und nickte den Mitarbeitern am anderen Ende des Raumes höflich zu. Sie sahen alle so erschöpft aus und bekamen meine Begrüßung überhaupt nicht mit. Naja, es war ihr Pech.

Als ich den Tisch des Jungen fast erreicht hatte, spürte ich auf einmal ein Zwicken im Po, gefolgt von einem widerlichen Lachen. Ich drehte mich um und blickte in das zahnlose Gesicht irgendeines Penners.

„Sie haben aber schöne Kurven.", spuckte er mir mit seinem nach Alkohol stinkenden Mund entgegen.

„Passen sie besser auf.", drohte ich ihm und ließ meine Hand in meine Handtasche gleiten. Ich zückte mein Handy, um ihm meine ID zu zeigen und hielt es ihm direkt vor die schielenden Augen.

Doch der Mann reagierte gar nicht, sondern drückte meine Hand ganz einfach weg und kam einen Schritt auf mich zu. „Ich wusste gar nicht, dass die Lympias uns auch Nutten bereitstellen."

„Nutten?", fauchte ich ihm entgegen und holte mit der Hand aus. Was fiel diesem ekelhaften Säufer ein? Meine Eltern stellten diesen armen Seelen freies Essen zur Verfügung und so dankte man ihnen? So dankte man meiner Familie? Ich genoss den Moment, als meine flache Hand gegen seine Wange krachte und der Mann das Gleichgewicht verlor. Ich schaute mir die Innenseite meiner Hand an und war erschrocken, wie rot sie war. Ich hatte wirklich mit aller Kraft zugeschlagen.

„Du kleine …!"

„Ist gut jetzt, Skinny.", sagte plötzlich eine tiefe Stimme hinter mir.

Ich drehte mich um, und sah, wie der Junge, den ich mir ausgesucht hatte, aufstand und auf mich zu kam. Mein Herz blieb für einen Moment stehen und ich war beeindruckt von seiner Größe. Er war nicht kräftig gebaut, aber sein Blick strahlte eine gewisse Autorität aus. Er striff mich an der Schulter und stellte sich vor mich.

„Geh besser, sonst schlagen die Hunde von Kangal dir noch den Kopf ein."

„Halt dich da raus, Cappy."

Cappy? War das der Name meines Jünglings?

Ich hörte, wie sich eine Tür aufschob und alle Blicke fielen zum Eingang. Cappy hatte recht: Die Sicherheitskräfte betraten den Raum und bahnten sich ihren Weg zu uns.

„Miss Lympia, ist alles in Ordnung?", fragte einer von ihnen und ich schaute auf die rote Wange dieses Skinnys. „Miss Lympia?"

„Es ist alles in Ordnung, Officer. Es gab nur ein Missverständnis", hakte sich Cappy plötzlich ein und schaute mit seinen grünen Augen zu mir.

Ich konnte nicht anders als ihm entgegenzulächeln, aber das Verhalten dieses stinkenden Alkoholikers, konnte ich nicht gutheißen. „Er hat mich angefasst. Verhaften sie ihn."

Ohne zu zögern, griffen zwei weitere Männer unter die Arme des Mannes und zerrten ihn zur Tür. Die vielen fragenden Blicke der Menschen um mich herum interessierten mich nicht. Sie konnten alle froh sein, dass sie hier sein durften. Auch mein Jüngling, hätte diesen versoffenen Penner nicht in Schutz nehmen müssen.

Seine Augen waren weiterhin auf mich gerichtet und ich erkannte das Unverständnis in seinem Gesicht, doch trotzdem kam er mir näher. „Ist alles in Ordnung mit ihnen, Miss Lympia?"

Seinen Kopf hatte er dabei leicht nach unten geneigt und ich errötete. Er war wirklich sehr süß, aber ich musste nicht beschützt werden. „Es ist alles bestens, danke dir, Cappy."

Sein Blick fuhr für einen Moment nach oben und ich sah, dass auch seine Wangen rot wurden. „Dann können sie ja jetzt weiter Richtung Küche gehen."

„Ich wollte nicht zur Küche. Ich wollte zu dir."

„Zu mir?", fragte er in einem niedlichen Ton. „Habe ich etwas falsch gemacht?"

„Du hättest nicht dazwischen gehen müssen, aber das ist nicht weiter schlimm. Ich habe dich von draußen beobachtet und du wirkst anders auf mich als die anderen hier."

„Anders? Weil ich ihnen geholfen habe, Miss Lympia?"

„Nein, davor schon." Es war so süß, wenn er mich Miss Lympia nannte, fast so, als wäre ich seine große Schwester, oder seine Mutter.

„Ich verstehe nicht ganz?"

„Ich weiß nicht, du hast irgendetwas an dir, was mir gefällt. Ich wollte dich fragen, ob du nicht morgen zum Apartment meiner Eltern kommen möchtest, um mit uns zu Essen."

„Ich soll mit euch essen?"

„Morgen ist mein Geburtstag und ich möchte in die Fußstapfen meiner Eltern treten und Leuten, die nicht so viel haben, einen schönen Abend schenken. Ich koche ganz gut, weißt du?"

Sein Grinsen verriet mir, dass er sich geschmeichelt fühlte, doch eine gewisse Skepsis konnte ich ihm nicht nehmen. „Ich bezweifle, dass ihre Familie jemanden wie mich am Tisch haben möchte."

„Warum jemanden wie dich? Ich habe dich hier

getroffen und habe dich eingeladen."

„Wissen sie, ich bin kein Verkäufer oder Wissenschaftler, ich ..."

„Du lebst in armen Verhältnissen und warst vermutlich nicht lange auf der Schule. Na und? Ich möchte dir einen schönen Abend bereiten, eben weil es dir nicht so gut geht."

„Danke, eh, Miss Lympia ..."

„Anna, du kannst mich Anna nennen."

Sein Lächeln war wieder verlegen und er schaute zum Boden, während er mit mir redete. „Danke dir, Anna. Aber wie stellst du dir das Morgen vor?"

„Sei um 19 Uhr einfach wieder hier und ich hole dich ab."

„Hm okay, dann versuche ich hier zu sein."

Er sah so glücklich aus und seine Wangen wurden immer rötlicher. Ich freute mich, dass ich ihm eine Freude bereiten konnte und dass ich endlich noch jemanden hatte, den ich von meinen Kochkünsten überzeugen konnte. Ich verabschiedete mich von Cappy und verließ die Suppenküche.

Doch anstatt, dass ich zurückgehen konnte, um mir meinen wohlverdienten Schlaf zu holen, stellten sich die Typen von Kangal wieder vor mich. „Hat Cappy ihnen irgendetwas getan?"

„Nein, wir haben uns ganz normal unterhalten." Ich wusste, dass wieder ein Fragenhagel folgen würde, und es ermüdete mich, diesen Männern wieder jede Kleinigkeit erklären zu müssen.

„Wissen sie, wer er ist?"

„Ein Obdachloser, wie alle andern hier."

„Wir vermuten, dass er für Yura arbeitet. Er ist mehrfach vorbestraft, auch wegen gefährlicher Körperverletzung."

„Und warum haben sie ihn dann noch nicht verhaftet?"

„Er ist uninteressant für *Mister Sagatz*. Er ist einer von

vielen kleinen Fischen."

„Dann verstehe ich ihre Aufregung nicht."

„Miss Lympia, sie begeben sich in unmittelbare Gefahr."

„Sorgen sie lieber dafür, dass niemand in der Suppenküche meiner Familie angegrabscht wird und sie und ich bekommen keine Probleme." An dem Schweigen erkannte ich, dass die Sicherheitskraft mir nichts entgegenzusetzen hatte. Doch was, wenn Cappy etwas passierte? Wenn er wirklich für diesen Yura arbeitete, könnte es gut möglich sein, dass er Morgen schon nicht mehr am Leben war.

Ich drehte mich um und blickte erneut durch das Fenster. Er beobachtete mich und drehte seinen Kopf weg, als sich unsere Blicke trafen. Mein süßer kleiner Jüngling. Ich wartete, bis er mich wieder anschaute und winkte ihn zu mir. Es brauchte ein paar Anläufe, aber irgendwann verstand er, was ich von ihm wollte.

„Gibt es ein Problem, Miss … eh … Anna?"

„Wo übernachtest du heute?"

Er schaute an mir vorbei und kratzte sich an einer Schramme im Gesicht. „Vermutlich irgendwo in der Autonomen-Zone, so wie immer."

Der Arme … ich konnte mir die Bedingungen nur schwer vorstellen, aber entweder war es nachts zu kalt oder viel zu heiß zwischen den ganzen Hochhäusern und Lüftungssystemen. „Komm doch einfach für heute Nacht mit zu mir."

Seine fragenden Augen lösten irgendetwas in mir aus und ich fühlte mich, als würde ich ihn bemuttern, aber ich liebte dieses Gefühl.

„Und was sagen deine Eltern dazu?"

„Die haben kein Problem damit. Ich glaube sie wären froh, wenn sie wüssten, dass ich meinen Mitmenschen helfe, genau wie sie."

„Okay, aber ich kann morgen nicht den ganzen Tag."

„Du kommst aber morgen zum Abendessen wieder, oder?"

„Das sollte kein Problem sein."

Ich lächelte ihn an und nahm seine Hand. Sie war kalt und ich konnte seine Fingerknochen spüren, wie sie sich unter seiner rauen Haut erhoben. Wir liefen an den Sicherheitskräften vorbei und ich hätte nur zu gern die Gesichter unter den Displays gesehen.

Wir spazierten weiter den Bürgersteig entlang und ich spürte, wie Cappy sich immer näher an mich drückte. „Ganz schön viele Menschen.", flüsterte er.

„Die tun keinem was.", entgegnete ich ihm und hing mich bei ihm ein. „Damit du nicht mehr so nervös bist.", gab ich als Erklärung und wir erreichten das Apartment meiner Familie.

Die Angestellten an der Rezeption schenkten uns verwirrte Blicke, aber was kümmerte mich das schon? Ohne meine Familie wären sie alle arbeitslos. Wir fuhren mit dem Aufzug nach oben und betraten das Wohnzimmer. Cappy schaute sich fasziniert um und kam gar nicht mehr aus dem Staunen heraus. „Hier lebst du?", fragte er und berührte vorsichtig die verputzten Wände.

„Meistens bin ich hier, ja. Meiner Familie gehören noch andere Immobilien in der Stadt und auf der Erde, aber den Großteil meiner Kindheit und Jugend habe ich hier verbracht."

„Du warst schon mal auf der Erde?", fragte er mich entgeistert.

„Vier- fünfmal, ja." Ich griff wieder nach seiner Hand und führte ihn zur Küche. „Möchtest du etwas Essen oder Trinken?"

„Ich will wirklich keine Umstände machen."

„Ach Quatsch.", antwortete ich und öffnete den Kühlschrank per Sprachsteuerung. Ich griff nach einer roten Tupperdose und hielt sie ihm vor die Nase. „Hast du noch Hunger?"

„Was ist das?"

„Verrate ich nicht, aber morgen gibt's mehr davon."

Er nickte und ich sah Dankbarkeit in seinen Augen. Ich schüttete ihm ein Glas Wasser ein und bereitete meine Spezialität auf dem Herd zu.

„Das riecht besser als in der Suppenküche.", gab er zu und linste über meine Schulter.

„Ist ja auch meine eigene Kreation." Es war süß, wie er versuchte zu erraten, was ich ihm da eigentlich kochte. Ich streute etwas Salz über das bratende Fleisch und gab Pfeffer hinzu. „Magst du es lieber Medium oder Rare?"

„Was heißt das?", fragte er mich und starrte immer noch auf das brutzelnde Fleisch.

„Magst du dein Fleisch eher blutig oder durch?"

„Wie isst du es denn am liebsten?"

„Ich mag es, wenn es noch blutig ist", gab ich mit einem frechen Lächeln zu.

Er verstand glaube ich noch immer nicht, was ich mit dem Essen meinte, aber meinen Blick deutete er richtig. Seine Augen wurden schmaler und er kam einen Schritt auf mich zu. Ich spürte, wie er vorsichtig mit seinen Fingern über meine Schulter strich und sein Becken immer näher an meinen Hintern kam.

„Essen ist fertig.", sagte ich und spürte die Enttäuschung an seiner Beckenbewegung. Irgendwo tat mir meine Spielerei leid, aber es wird nun mal zuerst gegessen. „Iss in Ruhe, ich räume mein Zimmer auf und mache das Bett fertig."

Ich deckte ihn mit Besteck ein und lief die Treppe

hinauf. Ich kam am Esszimmer im oberen Geschoss vorbei und schaute, ob meine Eltern noch da waren. Beide saßen noch unverändert am Tisch und ich winkte ihnen zu. „Ich habe einen Freund mitgebracht, er wird auch morgen mit uns essen." Es folgte Stille. Ich schloss die Tür wieder und lief in mein Zimmer.

Ich bezog das Bett neu und räumte meine Klamotten zurück in meinen Schrank. Eigentlich hatten wir Bedienstete für sowas, aber ich hatte ihnen für diese Woche freigegeben, um Zeit für mich allein zu haben.

Als ich fertig war mit aufräumen, setzte ich mich noch einmal an meinen Spiegel und schaute, ob mein Makeup noch richtig saß. Ich mochte eingebildete Mädchen nicht, aber ich sah schon wirklich gut aus. Die Wahl meines Nagellacks passte perfekt zu meinen Augen und der Schleife in meinem Haar. Auch das Rouge auf meinen Wangen sah süß aus und ich hoffte, dass es Cappy auch gefallen würde. Ich wollte, dass er gute Laune hatte und glücklich war, sonst wäre alles für morgen versaut.

Als ich wieder im Wohnzimmer war, sah ich, dass er aufgegessen hatte. Er saß an dem kleinen Tisch, der gerade einmal groß genug war, um einen Kaffee zu trinken. „Du kannst dich ruhig auf das Sofa setzen.", sicherte ich ihm zu.

„Ich möchte keine Umstände machen.", antwortete er lächelnd.

„Du bist mein Gast, fühl dich ganz wie zuhause. Komm, wollen wir einen Film schauen?"

Er schien verunsichert, aber stimmte mir zu. „Welche Filme hast du denn?"

Ich lachte und zog ihn mit mir. „Wir können schauen, was wir wollen, ich habe alles, was du schauen möchtest."

Wir machten uns einen schönen Abend und kuschelten auf dem Sofa meiner Eltern, während ein Film nach dem anderen lief. Es war mitten in der Nacht, als wir allmählich müde wurden und es Zeit fürs Bett war.

Doch ich hielt es nicht aus, ich musste es tun. Gerade als Cappy sein Gesicht in meine Richtung drehte, legte ich meine Hände auf seine Wangen und zog ihn an mich heran. Ich küsste ihn und die schmalen, kühlen Lippen pressten sich gegen meine. Ein elektrisierendes Gefühl durchströmte meinen Körper und Wärme schoss in meinen Unterleib.

Die Küsse häuften sich und ich erstarrte, als unsere Zungen sich berührten. Seine Küsse fühlten sich leidenschaftlich an und die Wärme in meinem Unterleib ließ mich immer feuchter werden. Mir wurde heiß und ich spürte, wie mein eigenes Herz bebte. Seine kühlen Hände turnten mich nicht ab, im Gegenteil, sie waren eine schöne Abwechslung zu meinem kochenden Körper. Er führte seine Hand unter mein Shirt und seine Berührungen waren so vorsichtig, als würde er über einen neuen Kaschmirteppich streichen.

Seine Lippen lösten sich von meinen und er küsste mir den Hals entlang, während seine Hände mich immer weiter abtasteten. Ich drückte ihn ein Stück nach vorne und setzte mich auf seinen Schoß. Meine Initiative hatte ihn überrascht, doch ich nahm ihm die Arbeit ab und zog mir das Shirt über den Kopf. Er knetete meine Brüste immer weiter vor sich hin und ich sah meine Chance auch endlich von ihm zu kosten. Ich lehnte mich nach vorne und arbeitete mich an seinem Hals hinab. Er zuckte zusammen, als ich kurz zubiss, doch an der Beule in seiner Hose erkannte ich, dass es ihn erregte.

„Darf ich weiter machen?", flüsterte ich ihm ins Ohr und sein Stöhnen gab mir die Bestätigung, die ich brauchte. Ich saugte mich regelrecht an seinem Hals fest und biss immer wieder zu. Ich fühlte mich wie eine junge Vampirin die ihren Blutdurst stillen wollte und schon bald schaffte ich es, dass ihm etwas Blut am Hals herunterlief. Ich küsste die Stelle und der Geschmack erregte mich noch mehr. Ich biss mich wieder fest und saugte an der Wunde, bis ich es nicht mehr aushielt und mich von ihm absetzte. Ich striff meine Hose herunter und schob den Stofffetzen beiseite, der meinen Schambereich bedeckte. Er tat es mir gleich und ich setzte mich wieder auf ihn drauf. Zum Glück nahm ich die Pille, sonst hätte ich noch in meinem Zimmer nach einem Kondom suchen müssen und die Zeit hatte ich gerade nun wirklich nicht.

Mit Schwung ritt ich ihn und sah an seinem verzerrten Gesicht, dass ich ihm gefiel. Mit jedem Mal, dass ich mich nach oben bewegte, wuchs mein Verlangen und wurde sofort wieder befriedigt, wenn ich mich niederließ. Ich wurde schneller und unser Rhythmus passte sich an. Mit jedem neuen Eindringen, stöhnte er leise und griff mit seinen Händen kräftig zu.

Es traten noch immer kleine Bluttropfen aus seinem Hals aus und ich lehnte mich wieder nach vorne, um von ihm zu kosten. Er schmeckte so süß und noch mehr gefiel mir, dass er es zuließ. Morgen würde so ein schöner Tag werden und ich könnte noch mehr von ihm bekommen.

Irgendwann spürte ich, wie sich seine Finger in meinen Arm pressten und er mich von sich warf. Er drehte mich um und drückte meinen Hinterkopf in den Sofabezug. Seine Augen funkelten immer noch und es überraschte mich, als er plötzlich weitermachte und ohne zu warten in mich eindrang. Ich schrie kurz auf und hielt mir vor Erstaunen die Hand vor den Mund. Doch schnell strich ich ihm über die Brust und fing an zu stöhnen, um ihn nicht zu verunsichern. Meine beiden Hände krallten sich in seinen Rücken und ich zog ihn immer wieder rhythmisch an mich heran. Ich fühlte ein paar Erhebungen auf seinem Rücken, als wäre eine Hügelkette unter seiner Haut. Waren das Narben? Er hatte bestimmt viel durchgemacht in der Autonomen-Zone, ein Glück, dass ich ihn heute und morgen versorgen konnte und ihm zwei schöne Nächte bescherte.

Er wurde immer schneller und mir wurde immer heißer. Meine Fingernägel gruben sich unter seine Haut und sein Atem wurde immer schwerer. Der Schweiß lief mir über die Stirn und ich spürte, dass er kurz vorm Ende war. Ich fing an lauter zu Stöhnen, um ihn anzuspornen. Er schlug mir immer wieder auf meinen Hintern, was mich immer weiter erregte, bis ich plötzlich spürte, wie ein warmes Gefühl meinen ganzen Körper durchzog. Ich stöhnte laut und zerkratzte seinen Rücken.

Noch während er in mir war, warf ich ihn wieder nach vorne und fing wieder an ihn zu reiten, damit auch er kommen konnte. Ich wurde schneller, küsste seinen Hals und stöhnte, bis er mich mit aller Kraft umarmte und fest mit seinem Becken zustieß.

Als er fertig war, brach er über mir zusammen und legte seinen Kopf auf meine Brust. Ich fuhr ihm durch die Haare und strich über seinen Rücken. Er atmete noch immer schwer und machte nicht den Eindruck, als würde er bald aufstehen wollen. Ich rückte ein Stück nach oben und machte es mir gemütlich. Die Pause hatte sich mein Süßer verdient.

Es vergingen bestimmt fünf Minuten, ehe seine Augen wieder zu mir aufblickten und er mich anlächelte. Ich erwiderte seinen Blick und gab ihm einen Kuss auf die Stirn. Dann linste ich über seine Schulter und tastete parallel erneut seinen Rücken ab. Ich spürte die Erhebungen unter seiner Haut wieder und konnte diesmal sehen, was es war. Es waren tatsächlich Narben und es waren viele.

„Wo hast du die her?", fragte ich und fuhr mit meinen Nägeln über die betroffene Stelle.

Er schmunzelte und kuschelte sich mit seinem Kopf weiter in meinen Busen. „Unterschiedlich. Messerschnitte, Kugeln, wilde Mädchen ... alles Mögliche."

„Alles aus der Autonomen-Zone?"

„Die Messerschnitte und Kratzspuren schon, der Rest kommt aus deiner Welt."

„Meine Welt?", fragte ich ihn und konnte meinen Blick nicht von seinem Rücken lassen.

„Es würde dich wundern, wie viele Leute aus deinen Kreisen Waffen tragen. Oder wie viele von denen Schutz von Kangal und den restlichen Möchtegern-Soldaten bekommen."

„Das, was der Sicherheitsmann mir erzählt hat, stimmt also?"

Sein Kopf hob sich ein Stück an und sein Lächeln verflog. „Was hat er denn erzählt?"

„Dass du für einen Yura arbeitest und kriminell bist."

Sein Lächeln kam schnell zurück und er machte es sich wieder gemütlich. „Leute wie Yura haben Arbeit für Leute wie mich. Ne andere Möglichkeit habe ich nicht, um an Geld zu kommen."

„Würdest du es ändern, wenn du die Möglichkeit hättest?"

Er überlegte und zuckte mit den Schultern. „Vermutlich nicht. Ich will kein Büro-Affe wie all die anderen werden. Das Geld, was ich verdiene, ist schnell, gefährlich und von den reichen Wichsern, die für all die Armut verantwortlich sind."

„Und warum bist du dann so nett zu mir?"

„Hatte noch nicht den Auftrag deine Familie zu beklauen.", sagte er und fing an zu lachen. „Nein, Spaß beiseite: Ich glaube, weil deine Eltern gute Menschen sind und niemanden bei uns in der Zone angepisst haben. Ihr kümmert euch um Leute wie uns und gebt uns Essen. Das ist mehr, als die meisten Organisationen für uns tun. Es werden immer nur Sicherheitsbeauftragte geschickt und Kampagnen abgeblasen, weil es zu unsicher für die Mitarbeiter wäre. Doch manchmal stimmt es vermutlich. Wenn eine Stunde bevor ich irgendwo auftreten sollte jemand abgestochen wurde, hätte ich an deren Stelle auch Schiss."

Cappys Seite der Medaille zu hören war interessant. Ich bekam meine Infos nur aus den Nachrichten, aber wusste, dass vieles falsch dargestellt wurde. Meinem Vater wurden auch schon etliche Sachen angehängt, die nie so passiert waren. Und ehrlich gesagt war mir die Anwesenheit eines Kriminellen lieber als diese komischen Mädchen bei mir in der Uni. Die waren alle so fein und vögelten sich durch die Söhne irgendwelcher reichen Geschäftsleute, anstatt sich selbst etwas aufzubauen. Ich konnte stolz von mir behaupten, dass ich nicht so war. Ich hatte einen Traum und arbeitete dafür. Niemand konnte behaupten, dass meine Familie oder ich nur mit Leuten zu tun hatten, die Geld besaßen. Sonst gäbe es die Suppenküche erst gar nicht.

„Möchtest du schlafen gehen?", fragte ich ihn und fuhr weiter mit meinen Fingern durch seine Haare.

„Ich könnte jetzt gut schlafen. Ich glaube, ich mache es mir hier gemütlich."

Ich lachte und gab ihm einen Klapps auf den Hinterkopf. „Wir hatten Sex hier auf dem Sofa und du denkst, dass ich allein ins Bett gehe?" Ich schob ihn von mir runter und hielt ihm meine Hand hin. „Komm mit."

Vorsichtig griff er nach ihr und ich zog ihn hoch. Wir sammelten unsere Klamotten ein und liefen die Treppe zu meinem Zimmer hinauf.

Als wir am Esszimmer vorbeikamen, sagte ich ihm, dass er schon einmal hochgehen konnte. Er nickte und ich linste vorsichtig durch die Tür zum Esszimmer. Meine Eltern saßen noch immer dort und ich lächelte ihnen zu. „Wir gehen jetzt nach oben." Erneut folgte eine kühle Stille.

Als ich oben ankam, lag Cappy bereits unter der Decke und hatte die Augen geschlossen. Seine Klamotten hatte er auf meinen Schminkstuhl gepackt. Meine legte ich daneben, aufräumen konnte ich schließlich auch noch morgen.

Ich legte mich neben ihn und er legte seinen Arm um mich. Ich kuschelte mich an ihn heran und drückte meinen Hintern an seine Hüfte, damit ich ihm so nah wie möglich sein konnte. Es dauerte nicht lange und ich schlief in seinen Armen ein.

Am nächsten Morgen weckten mich einige helle Lichtblitze und ich fluchte, während ich versuchte mich unter der Decke zu verstecken. Ich hatte vergessen die Jalousie herunterzufahren und irgendeine bescheuerte Werbetafel oder die Lampen eines Transportschiffes flackerten in mein Zimmer.

Ich drehte mich zur Seite und wollte meinen Arm um Cappy legen, doch er war weg. Ich schrak auf und warf die Decke von meinem Bett. Er war verschwunden. Ich schaute mich in meinem Zimmer um und auch die Klamotten, die er auf meinen Schminkstuhl gelegt hatte, waren weg. Er hatte sich wohl angezogen und war aufgestanden. Warum hatte er mich nicht geweckt? War er noch in unserem Apartment?

Ich sprang auf und kramte mir meine Anziehsachen zusammen. Ich lief die Treppe hinunter und schaute im Esszimmer. Außer meinen Eltern, war niemand dort. Ich lief noch eine Etage tiefer und auch im Wohnzimmer oder auf dem Sofa war niemand. Er musste das Apartment verlassen haben. Aber warum? Warum hatte er nicht Bescheid gesagt? Er hatte zwar gemeint, dass er abends wieder da wäre, aber würde er das wirklich sein, wenn er mir noch nicht mal Bescheid gesagt hatte, dass er geht?

Ich hatte keine Wahl als einfach abzuwarten. Zur Ablenkung räumte ich das Wohnzimmer auf und bezog das Sofa neu. Wir hatten es vielleicht ein wenig übertrieben. Überall waren Schweißflecken und auch sein Blut klebte getrocknet auf dem Stoff. Ich schüttelte die Kissen und schob das Sofa wieder in Position. Dann ging ich in die Küche und spülte das Geschirr ab, dass er gestern hinterlassen hatte. Als ich fertig war, ging ich hoch in mein Zimmer und machte mein Bett, räumte meine Klamotten vom Boden auf und ordnete meinen Schminktisch.

Ich verbrachte den ganzen Tag im Haus und räumte auf, bis mir einfiel, dass ich noch einiges für das Abendessen vorbereiten musste.

Ich putzte das Esszimmer und bereitete alles in der Küche vor. Es war mein Geburtstag und ich hatte Cappy versprochen, dass er einen schönen Abend haben würde. Während ich den Tisch deckte, musste ich wieder an den Geschmack seines Blutes denken. Es war überraschend süß gewesen und hatte keinen metallischen oder bitteren Nachgeschmack. Hieß das, dass er gesund war? Oder hatte ich mich jetzt mit zig Krankheiten infiziert? Naja, wofür gab es schließlich Ärzte?

Beim Kochen bahnte sich der würzige Geruch des Fleisches einen Weg in meine Nase und ich freute mich auf den heutigen Abend. Hoffentlich schmeckte Cappy mein Essen wieder. Ich erinnerte mich daran, dass er sein Fleisch gestern blutig gegessen hatte, den Gefallen würde ich ihm heute wieder tun.

Während mir das Fett des Öls aus der Pfanne entgegensprang, hörte ich, wie das Servicetelefon an der Eingangstür klingelte. Irgendjemand vom Personal wollte irgendetwas. Ich drehte die Stufe des Herds etwas runter und eilte zum Telefon.

„Ein Junge fragt nach ihnen, Miss Lympia.", sagte die Dame am Empfang.

„Dünn, bleiche Haut?"

„Ja, Miss Lympia."

„Grüne Augen?"

„Ja, Miss Lympia."

„Lassen sie ihn durch. Dankeschön."

Ich tippte auf das rote Symbol des Displays und wartete gespannt vor der Tür, bis mir einfiel, dass ich mich noch gar nicht fertiggemacht hatte. Ich war ungeduscht, ungeschminkt und trug noch immer meine Schlafsachen. Ich Vollidiot! So konnte ich ihn doch nicht in Empfang nehmen. Ich wollte losrennen, um noch irgendetwas halbwegs akzeptables zu finden, doch so lange würde der Aufzug auch nicht brauchen.

Erneut klingelte das Telefon und verwundert tippte ich auf das grüne Symbol. „Miss Lympia? Der Junge ist jetzt auf dem Weg zu ihnen. Sind sie sicher, dass wir den Sicherheitsdienst nicht darüber informieren sollten?

„Warum sollten sie das tun?" Hatte die Alte irgendetwas geraucht, dass sie so dumme Fragen stellte?

„Er sah ganz schön verwahrlost aus und machte nicht den Eindruck, als wäre er ganz bei Sinnen."

„Was genau meinen sie?"

„Seine Augen haben hektisch hin und her geschaut und unter seinem linken Auge war ein schwarzer Fleck."

Hatte sich mein Jüngling wirklich noch geprügelt, bevor er zu mir kam? „Ich kläre die Angelegenheit."

„Miss Lympia, wenn eine Gefährdung ihrer Sicherheit besteht, bin ich verpflichtet die Sicherheitskräfte von Kangal zu informieren."

„Kümmern sie sich um ihre eigenen Angelegenheiten und hören sie auf mich zu belästigen. Sie wollen doch keinen Ärger, oder?"

„Nein, Miss Lympia, aber …"

„Lassen sie es gut sein." Ich tippte wieder auf das rote Symbol und konnte nicht glauben, für wen diese Alte sich hielt. Wenn ich mein *Okay* gab, hatte sie meine Anweisungen zu befolgen. Dafür wurde sie schließlich bezahlt.

Doch bevor ich mich weiter aufregen konnte, ertönte schon die Klingel. Ich strich mir einmal durch meine Haare und hoffte, dass er sich nicht erschrecken würde, weil ich aussah wie sonst wer.

„Oh, hey", begrüßte er mich mit einem schmalen Lächeln und behielt seine Hände in der Tasche.

Er sah wirklich merkwürdig und verpeilt aus. Mit dem schwarzen Fleck unter seinem Auge hatte die Alte am Empfang nicht gelogen. Seine Pupillen waren riesig und er zitterte mit den Schultern.

„Hey, ist alles in Ordnung?"

Doch statt mir eine ausführliche Antwort zu geben, nickte er nur und trat auch schon in den Flur ein. Er zog sich die Jacke nicht aus, sondern ging ohne zu zögern ins Wohnzimmer. „Sind deine Eltern schon da?"

„Die sitzen schon oben und warten auf uns. Ich muss aber noch was am Essen machen."

„Brauchst du Hilfe?", fragte er und wieder malte sich ein schmales Lächeln auf sein Gesicht.

„Klar, du kannst mir gerne helfen."

Ich zog ihm seine Jacke aus und bemerkte, dass er meine Bewegungen genau begutachtete. Hatte ich ihm irgendetwas getan? Oder war vielleicht etwas in seiner Jacke?

„Wo warst du? Ich habe dich heute Morgen vermisst.“

„Habe mich mit einem Kumpel getroffen. Es gibt neue Arbeit.“

„Für Yura?“.

„Kommt drauf an.“

„Worauf?“

„Arbeitest du für Kangal?“

Was sollten diese dummen Fragen? Gestern war es doch noch so schön. Er wirkte ganz anders. Eher zurückhaltend und mysteriös. „Hast du was genommen?“

Seine Pupillen wurden schmaler und er leckte sich die Lippen. „Nein, nein.“

Wir gingen gemeinsam in die Küche und ich briet das Fleisch weiter. Ich gab etwas Salz und Pfeffer dazu, während der Salat bereits fertig in einer Schale am Ende der Theke stand.

„Das Essen riecht gut.“, sagte er und klopfte mir väterlich auf die Schulter.

Ich roch, dass sein Atem irgendetwas chemisches in sich hatte. Er musste irgendwas genommen haben. „Sicher, dass du nicht high bist?“

„Nein, nein“, erwiderte er wieder und schüttelte seinen Kopf.

Schön, wenn er mich anlügen wollte, sollte er es gerne versuchen, aber ich war mir sicher, dass ich die Antwort in seiner Jacke finden würde. „Gut. Kannst du vielleicht kurz übernehmen? Ich will mir etwas überziehen.“

Er stellte sich neben mich und nahm mir den Kochlöffel aus der Hand. *Jetzt oder nie,* dachte ich mir und verließ die Küche. Ich lief ins Wohnzimmer und griff nach der Jacke. Ich wühlte in den Taschen herum und wurde schnell fündig:

Ich hielt ein Tütchen mit einer weißen Paste in der Hand. Der Verschluss verriet mir, dass es bereits mehrfach geöffnet wurde. Es klebten Reste im Verschluss und in der Jacke waren Krümel verteilt.

Ich konnte es nicht fassen, er war doch high. Er hatte wirklich etwas genommen, bevor er hierherkam. Dieser Idiot!

Ich stampfte zurück in die Küche und warf das Tütchen auf die Theke. „Du bist also nicht high?"

Seine Pupillen weiteten sich und er drehte sich zu mir. Ich sah, dass er in eine Art Verteidigungsposition ging und ich merkte, dass ich jetzt besser aufpasste, was ich sagte.

„Nur ein bisschen. Ich musste es testen, bevor wir es weiterverkaufen."

„Wer ist wir?"

„Das geht dich nichts an. Ich habe dir gesagt, was ich mache, und ich lasse mir jetzt keinen Vortrag halten."

„Mir ist egal, was du in deiner Freizeit machst, aber musst du das Zeug nehmen, wenn du hierherkommst? Ich habe dich extra zu meinem Geburtstag eingeladen und wollte dir eine Freude bereiten und du hast nichts Besseres zu tun, als high hier aufzukreuzen."

Er kniff die Augen zusammen und gestikulierte mit seinen Händen herum. „Ich bin nicht richtig high. Weißt du, wie wenig ich von dem Zeug genommen habe? Es war nur eine Probe."

„Du verdirbst dich völlig! Wir können dein ganzes Potenzial gar nicht ausschöpfen, wenn du dich mit irgendeiner Chemie zuballerst."

„Was meinst du?"

„Es verdirbt dein Blut, deine Muskeln, deine Knochen, deinen Geist …"

„Es … es tut mir leid … wirklich. Es tut mir leid, dass

ich deinen Geburtstag nicht berücksichtigt habe." Sein Kopf sank und er breitete die Arme aus. Erwartete er wirklich eine Umarmung?

Dieser Idiot, dieser verdammte Idiot. Er durchkreuzte meine Geburtstagspläne, aber süß war er trotzdem. Wie er da so stand und darauf wartete, dass ich ihm in die Arme fiel.

„Alles Gute zum Geburtstag, Anna", sagte er und ging einen Schritt auf mich zu.

Ich konnte nicht anders, als meine eigenen Arme auszubreiten und mich an ihn zu klammern. „Dankeschön.", flüsterte ich und spürte wieder die Kälte, die er ausstrahlte.

Ich hatte keine Ahnung von Drogen, aber seine Glieder zitterten und sein Geruch gefiel mir nicht. Vielleicht musste ich mein Geschenk an mich selbst um ein paar Tage verschieben, aber das sollte ich schon hinkriegen. Wichtig war nur, dass er die nächsten Tage keine Drogen nahm und gut aß, damit endlich mal etwas Fleisch an seine Rippen kam.

„Essen deine Eltern mit uns?", fragte er plötzlich und drückte mich weiter an sich.

„Ja, sie warten schon oben.", entgegnete ich und realisierte, dass er jeden Moment meine Eltern kennenlernen würde. Hoffentlich war er nicht zu angespannt, Stress verdarb den Körper schließlich auch.

Als das Fleisch fertig gebraten war, räumten wir alles auf die Tabletts um und jeder schnappte sich zwei. Wir liefen die Treppe hinauf und betraten das Esszimmer.

Meine Eltern saßen wie immer auf ihrem angestammten Plätzchen. Ich setzte die Tabletts auf dem Tisch ab und drehte mich zu Cappy um.

Er stand in der Tür und zögerte hineinzukommen.

„Jetzt komm schon.", sagte ich und winkte ihn zu mir.

Skeptisch setzte er einen Fuß vor den anderen und fing

an zu lächeln. „Das sind also deine Eltern?" Er setzte die Tabletts ab und zeigte auf meinen Vater.

„Ja, und das dort ist meine Mutter."

„Oh, okay", antwortete er und setzte sich auf den Stuhl gegenüber meiner Mutter.

Ich füllte jedem etwas Essen auf und setzte mich auf den Stuhl gegenüber meines Vaters. „Dann guten Appetit.", sagte ich und fing an das Fleisch vor mir in kleine Stücke zu schneiden.

„Wie?", fragte Cappy. „Essen wir doch ohne deine Eltern?"

„Sie sind doch hier."

Er schaute mich wieder skeptisch an und legte sein Besteck wieder neben den Teller. „Willst du mich verarschen? Soll das lustig sein oder so?"

Ich schaute ihn fragend an und wiederholte mich. „Das sind meine Eltern."

„Anna, das sind zwei Skelette!"

„Und? Glaubst du sie hören oder sehen dich nicht?"

„Was zum …?", wisperte Cappy und ihm fiel die Kinnlade herunter. „Du machst Witze, oder?"

„Ich mache keine Witze!"

Ich sah, wie sich die Panik in seinen Augen ausbreitete und seine hektischen Blicke auf das Fleisch fielen. „Nein …"

„Aber es schmeckt dir doch. Meine Mama und mein Papa haben vorher kein Kokain genommen, nicht so wie du."

„Wie ich? Du wolltest mir dasselbe antun?".

Er sprang auf und rannte zur Tür, aber ich stellte ihm ein Bein und setzte mich auf seinen Rücken. Konnte dieser Trottel sich nicht denken, was abging?

„Lass mich los! Sofort! Hilfe!"

„Sei nicht so gestresst, du verdirbst dich nur, Cappy!"

„HILFE!"

„Ich wollte deinem Leben einen Sinn geben, dich zu etwas wertvollem formen und so dankst du es mir? Cappy, beruhig dich bitte!"

„Geh runter! *Geh runter, du Monster!*"

Stimmen im Kopf

„Zwei Minuten.", sagte Wright, der Truppführer der Einheit.

Kim schaute auf die Maschinenpistole in seinem Schoß und schaltete die Visiermarkierung immer wieder ein und aus. Die Pop-ups auf seinem Visier schalteten mit jedem Mal abwechselnd in den Kampf- oder Ruhemodus. Der Farbwechsel vom aggressiven rot zum beruhigenden blau gab ihm die Gewissheit, dass er noch lebte. Die robotische Stimme des Kampfanzuges kommentierte ebenfalls jeden Wechsel und las den Blutdruck sowie die Herzfrequenz vor, sodass Kim wusste, wie es um ihn stand.

Sein Sitznachbar Wells, gab ihm schließlich einen Ruck mit der Schulter. „Lass den Scheiß. Mein System denkt, du kratzt ab."

Die leicht rauschende Stimme kam durch Kims Kopfhörer und es wirkte befremdlich, dass es sich anhörte, als würde Wells in der Zentrale und nicht neben ihm sitzen. Es war nicht Kims erster Einsatz, aber an die Kommunikation über Funk würde er sich wohl nie gewöhnen.

Er schaltete das Visier wieder aus und die Pop-ups auf seinem Display färbten sich wieder blau. Er hob seinen Kopf an und schaute zu den anderen Teammitgliedern. Wright, Wheeler und Mendoza saßen auf der Bank gegenüber und bewegten sich kein Stück. Die pechschwarzen Visiere zeigten auf den Boden und die metallische Panzerung ließ sie wie Roboter wirken.

„Test, Test … Sergeant Wright, hier TOC, bitte melden."

„TOC, hier Sergeant Wright, wir hören sie."

„Ihre Ankunftszeit beträgt eine Minute und dreißig Sekunden. Ihr Ziel ist die *British-Pretoria-Highschool*. Berichten zufolge gibt es dort einen oder mehrere Angreifer.

Einsatzkräfte vor Ort beschreiben die Opfer mit Schnittwunden. Kommunikation zu den Tätern fand bisher nicht statt. Der Kontakt zu Einsatzkräften im Gebäude ist abgebrochen. Das Gebäude ist umstellt und wird von oben sowie seitlich überwacht. Den Hitzeaufzeichnungen zufolge befinden sich mehrere Personen in den Stockwerken Null, Eins, Zwei und Drei. Der Zugriff auf interne Kameras ist uns nicht möglich. Ihr primäres Ziel ist die Gefahreneliminierung. Die Rettung von Zivilisten und Einsatzkräften ist zweitrangig."

„Verstanden, TOC. Irgendwelche Informationen über die Täter?"

„Bisher konnte nur Iris Clarke identifiziert werden. Ihr Erscheinungsbild zeichnet sich durch eine Größe von 165 Zentimetern sowie braunem Haar und bräunlichen Augen aus. Die Zielperson ist 15 Jahre alt. Es liegen uns keine medizinischen oder psychologischen Berichte vor. Die Brutalität und das Ausmaß des Angriffes lassen eine Psych-Zugehörigkeit vermuten. Der Einsatz tödlicher Waffen ist gestattet."

„Hier Wright, haben verstanden TOC, Ende."

Kims Griff am Lauf verstärkte sich. Er hörte sich durch seinen eigenen Helm schnaufen und die Blutdruckanzeigen im Visier stiegen an.

„Ein Kind?", fragte Mendoza und schüttelte mit dem Kopf.

„Ein scheiß Psych.", antwortete Wells und stieß wieder gegen Kims Schulter. „Mach dir keine Sorgen. Diese Viecher sind meistens Einzeltäter."

„Hör auf so einen Scheiß zu erzählen und werd' nicht leichtsinnig.", fiel Sergeant Wright ihm ins Wort. „Wir wissen nicht, wie viele es sind."

Die Worte seines Truppführers beruhigten Kim kein

Stück. Wenn es sein konnte, dass es mehrere Täter waren, schwebten sie in ernsthafter Lebensgefahr. Die Einsatzkräfte vor Ort trauten sich nicht mehr ins Gebäude, das war ungewöhnlich für einen Schul-Amoklauf. Es kam nur selten vor, dass ihre Spezialeinheit zu so einem geschehen gerufen wurde.

Kim kniff seine Augen zusammen und erinnerte sich an sein Training: *An der Wand herbewegen und die Waffe immer mit dem Kopf mitführen. Langsame Schritte und sich erst einen Überblick verschaffen, bevor man einen Raum betrat.*

Diese Abfolge von Bewegungen hatten sie schon tausend Mal geübt und auch in ihren letzten Einsätzen angewandt. Aber da ging es um das Ausschalten irgendwelcher Verbrecher, die nicht wussten, dass sie gleich sterben würden. Die Täter an der Schule würden besser vorbereitet sein.

Dann war es so weit: Kim hörte, wie der Schub in den Triebwerken abnahm und der Transporter langsam sank.

„Abschnallen!", befahl Wright und die Gurte sprangen aus ihrer Halterung. „Vor der Tür sammeln!", sagte er als nächstes und sein Team stellte sich einer nach dem anderen vor die Rampe am Ende des Transporters.

Kim schaltete das Visier an der Waffe wieder ein und sein Kampfanzug verband sich mit dem Waffensystem. Sein Display verfärbte sich erneut rot und Wells gab ihm einen väterlichen Schulterklopfer. „Ruhig bleiben, Junge."

Die Klappe fuhr runter und Kim sah, dass sie noch einige Meter über dem Boden schwebten.

„Links, rechts, links, rechts, links. Los!", befahl Wright und die Männer sprangen abwechselnd zur linken und zur rechten Seite.

Kim sah die gepanzerten Fahrzeuge und

Sicherheitskräfte nur im Augenwinkel, als er aus dem Transporter sprang und sich in derselben Bewegung zum Schulgebäude drehte. Sie standen auf dem Vorhof und ein eingezeichneter Basketballplatz sowie mehrere Tischtennisplatten waren über den ganzen Schulhof verteilt. Das mehrstöckige Gebäude war aus einem mattweißen Gestein und die riesigen Fenster reflektierten einen blauen Schimmer. Es war, als würde die Sonne nur auf diesen besonderen Platz scheinen. Die Hochhäuser um die Schule herum waren graue, trostlose Konstruktionen, aber bei dieser Schule, hatte sich jemand Mühe gegeben.

„Wheeler, Mendoza, mit mir. Kim, Wells, rechte Seite."

Wrights Befehle waren eindeutig und mit angeschlagener Waffe, eilten die Fünf zum Schuleingang. Sie knieten sich links und rechts neben die pendelbare Glastür und warteten auf das *OK* der Zentrale.

„Wright, hier TOC: Eingangsbereich sichern und zum Forum vorrücken. Auf der linken Seite befindet sich das Sekretariat mit den Überwachungskameras."

„Haben verstanden, TOC. Wells, Kim, behaltet die Glasfront des Sekretariats im Auge, während der Rest vorrückt."

Kim sah, wie Wells den Befehl abnickte und sich bereit machte hineinzugehen.

Jetzt war es also so weit. Jetzt würden sie den Tatort betreten und niemand wusste, wie viele Angreifer genau im Gebäude waren.

Wrights Team drückte die Glastüren auf und betrat das Gebäude. Wells und Kim, taten es ihnen gleich. Es tat sich ein kurzer Gang vor ihnen auf und man konnte bis zur Haupttreppe im Forum schauen.

Kims Zielerfassungssystem nahm keine Bewegungen war. Alles was er sah, waren vereinzelte Bücher auf dem Boden und eine Blutlache auf der Treppe. Er schwenkte mit seinem Gewehr zur Glasfront des Sekretariats und schreckte zusammen. Eine nicht geringe Menge Blut klebte an dem Glas und einige kleine Handabdrücke waren zu erkennen. Sein Display im inneren seines Helmes zeigte an, wie sein Blutdruck rapide anstieg.

„TOC, wer arbeitete im Sekretariat?", rauschte es über Funk und Kim erkannte, dass Wrights Visier auf die Handabdrücke gerichtet war.

Es dauerte eine Weile, bis die Antwort der Zentrale kam. „Ein gewisser Mister Blue: 67 Jahre, 175 Zentimeter groß, kräftiger Körperbau."

„Zu klein für einen alten Mann.", stellte Wheeler fest.

„Kim, behalt die Glasfront im Auge. Wells, sichere den Gang. Mendoza, Wheeler, bereitmachen zum Infiltrieren!", befahl der Sergeant und richtete sein Gewehr auf die Glasfront.

Die Männer brachten sich in Position und Wheeler und Mendoza lösten den Bewegungssensor an der Tür aus. Diese schob sich zur Seite und zuerst ging Mendoza, der Erfahrenere von beiden, hinein.

Es herrschte eine fünfsekündige Stille und Kim konnte die Läufe beider Gewehre durch das Glas sehen. Sie bewegten sich nicht und die Stille hielt an. Hatten sie eine Leiche gefunden? Was war in dem Raum?

„Mendoza, was ist bei euch?", fragte Wells und Kim konnte die Anspannung in seiner Stimme hören.

Wells war fast sechs Jahre älter als Kim und hatte an viel schlimmeren Einsätzen teilgenommen. Konnte es sein, dass selbst dieser alteingesessene Hase Schiss hatte?

„Drei Leichen. Zwei junge Mädchen, Alter nicht genau identifizierbar. Außerdem ein alter Mann, Aussehen passt auf die Beschreibung von Mister Blue."

„TOC, hier Wright, wir haben drei bestätigte Todesopfer.

Meine Männer aktivieren den visuellen Beweis."

Ein roter Punkt erschien am oberen rechten Display und Kim wusste, dass die Zentrale gerade alles sehen konnte, was er sah.

„Corporal Mendoza, wir müssen das Gesicht der linken Leiche zur Identifizierung sichten."

Wahrscheinlich lag die Leiche eines der Mädchen auf dem Bauch. Mendoza hatte selbst zwei kleine Töchter, Kim wollte sich gar nicht erst ausmalen, was gerade in seinem Kameraden vorging. Durch die Glasfront sah er, dass sich einer der Soldaten mit vorgehaltener Waffe durch den Raum bewegte und sich schließlich bückte.

Wenige Sekunden später, hörte man ein leises Schnaufen über den Funk. Die Leute in der Zentrale mussten sich wohl bei dem Anblick erschrocken haben.

„Hier Mendoza, ich bestätige, dass die Leiche nicht identifizierbar ist."

Währenddessen linste Kim zu Wells hinüber und sah, wie er an der Wand hockte und die ganze Zeit über auf die Treppe zielte. Zu gerne hätte Kim gewusst, was Wells in diesem Moment dachte. Er musste den Funkverkehr die ganze Zeit mitanhören, aber durfte keinerlei Emotionen zeigen. Er war dafür zuständig, dass kein Angreifer von vorne kommen würde, also musste er konzentriert und ruhig bleiben.

„Mendoza, was hat die drei umgebracht?", fragte Sergeant Wright über Funk.

Das Schlucken seines Kameraden war für alle hörbar. „Schnitt- und Kratzwunden. Mehrere Einstiche im Brust- und Bauchbereich. Durchtrennte Venen an den Armen. An Mister Blue sind Prellungen an den Armen sichtbar und eine Platzwunde am Kopf."

„Könnt ihr die Leiche näher überprüfen?"

Mendoza schien zu zögern, doch seine Antwort klang dafür umso entschlossener. „Negativ."

„Wir müssen wissen, womit wir es zu tun haben."

„Dann komm selbst rein, Wright. Ich fasse hier niemanden mehr an."

„Kim, Gang absichern. Mendoza, Wheeler, unterstütz die andern beiden." Wright erhob sich aus der Hocke und lief in das Sekretariat.

Die andern beiden liefen wieder in den Gang und platzierten sich auf der rechten Seite.

„Wells, rückt zum Forum vor. Ich schaue, ob das Überwachungssystem noch intakt ist.", befahl Wright.

Wells drehte sich um und hob seine Hand. Dann gab er die Anweisung vorzurücken. Schritt für Schritt schlichen sie zu viert zum Forum.

Je näher sie dem Forum kamen, desto unwohler wurde Kim. Er sah, dass auf der linken Seite noch mehr Blutlachen waren. Rechts sah es bestimmt ähnlich aus.

Kurz vor dem Ende des Ganges stoppten sie. Wells und Mendoza, die beiden Ältesten, schauten sich gegenseitig an und nickten sich zu. „Hier Mendoza, infiltrieren nun das Forum."

Mendoza und Wheeler schwenkten nach links und verschwanden hinter ihrer Ecke. Wells bog nach rechts ab und Kim folgte ihm. Er hatte recht: Auf der rechten Seite waren ähnlich viele Blutlachen und sogar Leichen.

„Fünf Leichen auf der linken Forumsseite.", gab Mendoza durch.

„Sieben sind rechts.", gab Wells durch.

„Hier TOC, die Wärmeaufzeichnungen zeigen drei Wärmequellen im rechten Gang vor euch."

Rechter Gang? Das war auf Kims Seite.

Gemeinsam mit Wells lief er geradeaus und vor ihnen

erstreckte sich ein breiter Gang mit insgesamt zehn Türen. Links von ihnen war die Treppe, welche zu diesem Zeitpunkt nicht gesichert wurde.

„Hier TOC, wir brauchen die visuelle Bestätigung der Leichen."

„Kim, mach du das.", sagte Wells und richtete seine Waffe weiter auf den Gang vor ihnen. Auf der anderen Seite tat Mendoza dasselbe wie Wells und Wheeler musste ebenfalls die Leichen filmen.

Schließlich stieß auch Wright wieder dazu und stellte sich in die Mitte des Raumes. Sein Waffenlauf war auf die Treppe gerichtet, sodass alles vorerst abgesichert war. „Die Verbindung zu den Kameras wurde getrennt und die Cloud gelöscht. Wir sind blind."

Kim setzte einen Fuß vor den anderen und begann die Leichen zu filmen. Keine sah aus wie die andere, doch die Verletzungen waren die gleichen. Sie hatten alle mehrere Schnittwunden an den Armen, den Händen und im Gesicht. Auch kleine Einstichstellen traten im Brust- und Bauchbereich hervor.

„Irgendwelche Besonderheiten?", fragte Wright über Funk.

„Negativ.", antwortete Wheeler.

Kim zögerte noch für einen Moment, ehe auch er eine Antwort gab. „Negativ. Allerdings sehe ich nirgendwo Einschusslöcher. Die Täter verwenden vermutlich keine Schusswaffen."

„Verstanden, Kim. Fall zu Wells zurück und sichert den unteren Bereich".

Während Kim wieder zu Wells joggte, versuchte er die Bilder, die er gesehen hatte, zu verarbeiten. Die Täter hatten jeden abgeschlachtet, der ihnen über den Weg lief. Mitschüler, egal welchen Alters, Lehrer, Sicherheitskräfte und das

Reinigungspersonal. Was trieb diese Leute nur dazu?

„Vorrücken!", befahl Wells und ging parallel mit Kim an den Wänden entlang. Jeder zielte auf die Türen auf der gegenüberliegenden Seite, um so den anderen bestmöglich zu decken.

Sie erreichten die ersten beiden Türen und stoppten unmittelbar davor. Kim wusste was zu tun war und forderte Informationen von den Lufteinheiten an. „Irgendwelche Wärmesignaturen erkennbar?"

„Negativ. Die Räume sind kühl.", hieß es über Funk.

Kim und Wells öffneten nacheinander die jeweilige Tür vor sich und schalteten die Taschenlampen an ihren Gewehren ein. „Sauber.", gab Wells an Kim weiter.

„Ebenso.", antwortete Kim und er konnte kurz durchatmen. Er hatte befürchtet, noch einen leblosen Körper aufzufinden. Doch er wusste, dass die bisherigen noch lange nicht die letzten waren. Sie würden noch auf mehr und weitaus schlimmer zugerichtete Körper treffen.

„Weiter.", befahl Wells.

Wieder erreichten sie die nächsten beiden Türen und Kim forderte erneut Informationen an. „Signaturen?"

„Drei Wärmequellen auf deiner Seite, Kim. Eine ist schwächer als die andern beiden. Vermutlich eine verletzte Person."

Ohne zu zögern, wechselte Wells die Seite und stellte sich neben Kim. „Bereit?", fragte er und wies Kim an, die Tür zu öffnen.

Der Bewegungssensor wurde ausgelöst und die Tür schob sich auf. Bevor Wells einen Fuß durch die Tür setzen konnte, flog ein Glas an ihm vorbei und zerschellte auf dem Boden.

„Ruhig bleiben. IFK-Einheit, Kangal. Kommen sie nacheinander mit erhobenen Händen raus!"

Es kam keine Antwort, doch ein zweites Glas zischte an Wells vorbei und zerschellte an der Tür gegenüber. Man hörte lautes Atmen und wie jemand in irgendetwas herumwühlte. Leise Stimmen waren zu hören, eine hohe und eine tiefe.

„Mein Name ist Wells, wir kommen, um zu helfen. Treten sie aus dem Raum mit erhobenen Händen hervor!"

Plötzlich hörte Kim den Schrei einer Frau und im Raum polterte es. An den Stimmen war zu erkennen, dass sie sich von der Tür wegbewegten und weiter in den Raum vorstießen.

Wells Visier drehte sich zu Kim. Er nickte ihm zu und hatte die Waffe im Anschlag. Nachdem Kim ihm auf die Schulter schlug, rückten sie gemeinsam vor und fanden sich in einem Klassenraum wieder. Rechts wurde ein Tafelbild an die Wand projiziert, links, am anderen Ende des Raumes, waren Spinde, Bücherregale und Plakate. Tische und Stühle waren wie eine Mauer aneinandergereiht und zwei Köpfe lugten darüber.

Kim und Wells visierten die Personen am anderen Ende an und teilten sich auf. Kim lief links an der Wand entlang, Wells rechts. Das panische Atmen am anderen Ende wurde wieder lauter und auch das Geflüster nahm zu.

„IFK, Kangal. Ergeben sie sich und kommen sie mit erhobenen Händen hervor!", brüllte Wells durch den Raum und gab einen Warnschuss in den Boden.

Eine der Personen fing plötzlich an zu kreischen und sprang über die Stühle. Ein junges Mädchen rannte zwischen den beiden Sicherheitskräften vorbei. Ihre Augen waren aufgerissen und ihr Kreischen konnte nicht einmal durch die Geräuschunterdrückung des Helms gedämpft werden.

„Stehen bleiben!", befahl Kim und verfolgte das

Mädchen mit dem Lauf seiner Waffe. „Sofort stehen bleiben!"

Als das Mädchen gerade aus dem Raum fliehen wollte, lugte ein weiterer Lauf durch den Türrahmen. Sie schreckte zurück und rannte am Lehrerpult her, ehe Wright sie verfolgte und am Boden überwältigte.

„Hilfe! Lass mich los! Simon, Hilfe! Oh mein Gott, bitte hilf mir!"

Schließlich sprang eine zweite Person über einen der Tische und rannte auf Wells zu. Seine Hände waren voller Blut und der Schweiß tropfte von seinen Haarsträhnen herunter. In der Hand trug er ein Klappmesser und fing an in Wells Richtung zu stoßen, doch dieser wehrte den Angriff mit einem Schritt zur Seite ab und schlug dem Angreifer seinen Gewehrkolben in den Rücken.

Der Junge knallte auf den Boden und versuchte sich umzudrehen, doch Wells Knie presste sich bereits in den Nacken rein. Mit nur einer Hand, schaffte er es die Hände des Angreifers zu fesseln und schaute hastig zu Kim hinüber. „Kim, drei Wärmequellen, los!"

Kim rannte zum Ende des Raums und sprang über einen umgeworfenen Stuhl. Er erwartete alles hinter der provisorischen Mauer und hatte den Finger am Abzug.

Doch statt eines weiteren kreischenden Kindes, starrten ihn die leblosen Augen eines kleinen Jungen an. Der Mund war leicht geöffnet und eine Schnittwunde zog sich vom Rachen bis zum Ohr. Die Leichenstarre hatte eingesetzt und eine Hilfesuchende Hand ragte in die Luft.

„Hier Kim, haben einen weiteren Toten. Übertrage visuelle Bestätigung." Während Kim seine Helmkamera einschaltete, kämpfte er damit sich nicht zu übergeben. Er spürte, wie sich sein Halsmuskel zusammenzog und wie sein Mund trockener wurde.

„Kim, hier TOC, bestätigen ihren Fund."

„Alles im Griff?", fragte Mendoza über Funk.

„Positiv, weitermachen und an der Treppe sammeln.", gab Wright zurück.

Während die Hilferufe der beiden Jugendlichen anhielten, führte Wright beide ab, damit Kim und Wells die restlichen Räume durchsuchen konnten.

Zu Kims Erleichterung fanden sie in den übrigen Räumen nichts vor, außer einigen wenigen Blutflecken und umgeworfenen Stühlen.

Der Trupp sammelte sich nach einer Weile an der Treppe und hielt kurz inne.

„Was ging da ab bei euch?", fragte Wheeler, während Wright weitere Befehle über Funk erhielt.

„Zwei Jugendliche sind auf uns losgegangen.", antwortete Kim.

„Standen vermutlich unter Schock.", warf Mendoza ein.

Doch Wells schüttelte seinen Kopf. „Das war keine Schockreaktion. Die haben um ihr Leben gefürchtet, als sie uns gesehen haben."

„Wäre doch nicht das erste Mal, dass die Zivilisten aus Überforderung angreifen.", antwortete Mendoza.

„Du hast ihre Augen nicht gesehen. Die hielten uns für das Monster, dass das hier angerichtet hat."

„Haben sie den Jungen getötet?", fragte Wheeler plötzlich.

Doch auch das verneinte Wells. „Der Junge hatte nur ein Klappmesser, die Verletzungen an der Leiche waren viel zu tief und zu sauber."

Kim war beeindruckt von Wells schneller Auffassungsgabe. Die Jahre beim IFK machten sich bemerkbar bei ihm. Ob er damals wohl auch noch so unsicher und ängstlich war wie Kim?

„Ich gehe vor. Wells, Mendoza, bleibt dicht hinter mir. Kim und Wheeler, ihr haltet uns den Rücken frei. Wenn die Lage eskaliert, haut ihr ab und ordnet die Stürmung des Gebäudes an."

„Verstanden.", antworteten die beiden jüngeren im Chor.

Die Lage musste wohl noch viel ernster sein, als Kim dachte. Wright hatte noch nie einen derartigen Befehl gegeben. Zweifelte er etwa an dem Erfolg des Auftrags? Normalerweise war der Auftrag dann ein Job für die Lufteinheiten, wenn selbst das IFK der Sache nicht gewachsen war. Vielleicht meinte Wright auch genau das mit Stürmung.

Stufe für Stufe ging die Einheit die Treppe hinauf. Sie sicherten jeden Winkel und bewegten sich lautlos durch die Flure. Sie schlichen durch den ersten Stock und durchsuchten Raum für Raum, doch sie fanden niemanden vor. Das Bild war gezeichnet von Kampfspuren und Leichen. Jede einzelne musste identifiziert und mit den Helmkameras aufgezeichnet werden. Doch Überlebende fanden sie im ersten Stock keine. Die ganze Prozedur zog sich über eine halbe Stunde, doch nur so konnten sie sich sicher sein, dass sie nichts übersehen hatten.

„Kam nicht die Meldung, dass in allen Stockwerken Wärmeaufzeichnungen verzeichnet wurden?", fragte Mendoza, als der Trupp wieder die Treppen erreichte.

„Vermutlich Opfer, die mit der Zeit verblutet sind.", antwortete Wright und führte den Trupp die Stufen nach oben.

„Oder das Vieh hat sich nach oben bewegt", warf Wells ein.

Kims und Wheelers Helme drehten sich beinahe zeitgleich zueinander. Wells Einwurf war unnötige Angstmache, doch er könnte Recht haben. Die Täter waren mit ziemlicher Sicherheit noch im Gebäude und es gab keinen Grund anzunehmen, dass sie bewegungsunfähig oder zumindest verletzt waren.

Sie erreichten das zweite Stockwerk und sicherten den umliegenden Bereich. Alles sah genauso aus wie im ersten Stock, mit dem Unterschied, dass der gesamte Flur mit Blutflecken und Leichen übersäht war.

„Noch mehr Leichen zu identifizieren.", meckerte Wells und kniete sich auf den Boden.

„Wenn deine Tochter hier liegen würde, würdest du auch wollen, dass wir sie identifizieren.", konterte Mendoza und die Angst in seiner Stimme war deutlich herauszuhören.

Doch anstatt einen Streit zu entfachen, drehte Wells die Leiche eines Mädchens um und schrak zurück. „Ich glaube nicht, dass ich das wollen würde.", antwortete er.

Währenddessen stand Wright wieder am weitesten vorne und gab per Handzeichen zu erkennen, dass das Team warten sollte. „TOC, hier Wright, erbitte Wärmescan des zweiten Stocks."

Es dauerte einen Moment, ehe die Zentrale dem Truppführer antwortete. „Zwei Signaturen vor ihnen. Eine drei Räume weiter links. Die andere am Ende des Stockwerkes auf der rechten Seite."

„Verstanden."

„Wir positionieren Scharfschützen, um ihnen genauere Informationen liefern zu können."

Wrights Arm hob sich wieder und winkte das Team zu sich. Mit vorgehaltenen Waffen passierten sie Tür für Tür, ohne die Räume zu durchsuchen. Wright war es mittlerweile wohl am wichtigsten die Täter zu fassen, statt erst den Rest des Gebäudes abzusichern. Auch wenn ihr primäres Ziel die Gefahreneliminierung war, so hatte Kim dieses Verhalten bei seinem Truppführer noch nie zuvor gesehen. Ihm war das Sichern eines Ortes immer am wichtigsten gewesen. Dass dieser Auftrag anders war als sonst, hatte sich für Kim bis zu diesem Punkt nun noch mehr bestätigt. Wer weiß, was der Stadt bevorstände, wenn sie scheitern würden.

Sie schafften es zur besagten Tür und positionierten sich davor. Die Älteren standen weiter vorne, vor Kim und Wheeler. Wenn die Sache schiefgehen würde, müssten sie so schnell wie möglich das Gebäude verlassen und die Stürmung anordnen.

„Hier Wright, wir sind in Position. Geben sie mir den Scharfschützen."

„Wright, hier ist Tuck. Wir haben nur eine eingeschränkte Sicht auf den Raum, aber vor der Tafel hockt ein Mädchen. Sie bewegt sich nicht. Den Rest des Raumes können wir nicht einsehen, es hängen Gardinen davor. Die Wärmesignaturen zeigen aber nichts auffälliges."

„Irgendwelche Waffen?"

„Wir können es nicht bestätigen, aber es sieht aus wie eine Klinge in der linken Hand. Ihre Kleidung ist mit Blut bedeckt. Die Beschreibung von Iris Clarke passt."

„Alles klar, bereithalten und auf mein Zeichen warten. Vermutlich müsst ihr sie erledigen."

„Haben verstanden."

Wright drehte sich um und zählte mit seinen Fingern von Fünf runter. Kim konnte seine Waffe in diesen fünf Sekunden nicht gerade halten. Sein ganzer Körper zitterte und er spürte, wie ihm Schweißperlen über die Stirn liefen.

„Los!", befahl Wright und aktivierte den Türsensor, sodass sich die Tür zur Seite hin aufschob.

Zu fünft stürmten sie den Raum und verteilten sich. Wie vom Scharfschützen bestätigt, hockte ein Mädchen vor der Tafel am anderen Ende des Raumes. Sie starrte die Männer an und bewegte lediglich ihre Augen. In ihrer linken Hand trug sie ein langes Messer, von welchem Blut auf den

Boden tropfte. Ihre Haare waren verschwitzt und die Schuluniform rot getränkt.

„Kim, visuelle Bestätigung.", befahl Wright.

Kim schaltete die Kamera ein und ein kleines rotes Licht blinkte am oberen Rand seines Helmdisplays auf. Er wich mit seinem Blick nicht von dem Mädchen und hatte die Waffe im Anschlag. Das anfängliche Zittern war verschwunden und er stand wie ein Fels an Ort und Stelle.

„Kangal, IFK, leg die Waffe weg und komm mit erhobenen Händen zu mir!", schrie Wright.

Noch nie zuvor hatte er jemanden so angeschrien. Kim hörte die Panik in seiner Stimme und bemerkte das Zittern des Gewehrlaufes.

Doch statt der Aufforderung Folge zu leisten, fing das Mädchen an zu lächeln und stand auf.

„Tuck, Schuss-Freigabe!"

Gebannt wartete Kim auf den Schuss und er musste nicht lange warten. Von draußen ertönte ein lauter Knall und jeden Moment musste das Glas zerspringen und die Täterin zu Boden gehen.

Sie lächelte weiter und ging auf die fünf Männer zu. Sie lag immer noch nicht auf dem Boden und das Glas war immer noch heile. Wohin hatte der Scharfschütze geschossen?

„Tuck?!", fragte Wright panisch nach und ging immer weiter zurück.

„Einheit am Boden! Wir brauchen einen Sani!", ertönte es plötzlich über Funk.

„Nicht schon wieder …", flüsterte Wright.

Im selben Moment drückte Wheeler ab und eine Salve von mindestens drei Kugeln flog in Richtung des Mädchens.

„Wheeler!", schrie Wright, doch die drei Kugeln flogen bereits zielgerichtet zurück und trafen Wheelers Brustplatte und Helm.

„Nahkampf!", befahl Wright und er zog sein Einsatzmesser aus dem Gürtel.

Mendoza und Wells taten es ihm gleich und versuchten das Mädchen zu umstellen.

„Kim, schaff Wheeler hier raus!", brüllte Wright.

Sofort hing Kim sich seine Waffe wieder um die Brust und sprang zu Wheeler hinüber. Der Helm war an der Seite zerfetzt und die Brustplatte war an zwei Stellen eingedrückt. „Wheeler, rede mit mir!"

„Was war das?", fragte er und griff nach Kims Hand.

Dieser versuchte ihn aufzurichten, doch er war zu schwer. Kim stand auf und fing an, Wheeler an den Armen herauszuziehen. Dabei schweifte sein Blick auf den Kampf seiner Kameraden gegen die Täterin.

Sie versuchten sie aus mehreren Richtungen gleichzeitig anzugreifen, doch sie wich entweder einfach aus oder schaffte es die Hiebe und Stiche abzuwehren. Sie bewegte sich unmenschlich schnell und schaffte es sogar Mendoza durch den halben Raum zu werfen. Woher nur nahm sie diese Kraft?

Wells Messer war kurz davor ihren Nacken zu treffen, doch plötzlich warf ihn irgendetwas unsichtbares durch den Raum und er knallte gegen die Glasfassade. Das Glas riss an einigen Stellen, zersprang aber nicht.

Kim zog Wheeler mit aller Kraft auf den Flur und lehnte ihn gegen die gegenüberliegende Wand. Von seinem Mikrofon war nur ein leises Grundrauschen zu hören. Der Helm war mit aller Wahrscheinlichkeit hinüber. Kim griff unter den Helm und löste den Riemen unter dem Kinn. Als er Wheeler den Helm abnahm, sah er eine kleine Schnittwunde an dessen Wange. Vermutlich durch Splitter des Helms verursacht. Doch es schien ihm gut zu gehen. Seine

Augen reagierten natürlich auf die Lichteinfälle und Bewegungen um sie herum. Auch sprechen konnte er ohne Probleme. „Nimm mir diesen scheiß Brustpanzer ab. Das Teil zerdrückt mir die Rippen."

Kim suchte am Rücken seines Kameraden nach den Verankerungen und schaffte es sie zu lösen. „Kannst du laufen?"

„Ich geh keinen Meter allein. Wenn du Wichser mich jetzt rausschickst, kommst du gefälligst mit."

„Kim!", hörte Kim seinen Truppführer über Funk rufen.

„Bleib hier.", wies er Wheeler an und warf sich seine Waffe wieder nach vorn. Er eilte zum Klassenzimmer und stürmte mit nach vorne gerichtetem Lauf hinein. Er sah, wie das Mädchen auf Wright saß und mit ihrer Klinge auf seine Panzerung einstach. Sie zielte eindeutig auf die freien Stellen zwischen Hals und Kopf.

Kim legte einen Schalter an der Seite seiner Waffe um und wechselte in den Einzelschussmodus. Er musste genau Zielen. Ein falscher Schuss und er hätte seinen Truppführer auf dem Gewissen. Er ging Schritt für Schritt auf die beiden zu und gab mit jedem Schritt einen Schuss ab.

Doch keiner traf.

Er war noch etwa fünf Schritte entfernt, gab vier Schüsse ab und traf mit keinem einzigen.

Das Mädchen ließ schließlich von Wright ab und fiel mit der Klinge in der Hand in Kims Richtung. Er wechselte zu seinem Messer und versuchte den Angriff zu Kontern, doch sie war einfach zu schnell. Er stach ins Leere und spürte, wie sich etwas in seine Schulter bohrte. Das Mädchen hatte beim ersten Versuch geschafft unter seine Rüstung zu stechen.

Sofort riss er seinen Körper rum und versuchte ein zweites Mal zuzustechen, doch sie war plötzlich weg. Er sah sie nicht mehr.

Bis ihn ein Schlag gegen den Hinterkopf zu Boden fallen ließ. Er drehte sich auf den Rücken und schaffte es gerade so die Klinge mit seinem Unterarm abzuwehren. Das Mädchen drückte mit einer unnatürlichen Kraft gegen seinen Arm und sogar die mechanischen Gelenke des Kampfanzuges mussten einspringen.

Kim wehrte sich mit aller Kraft. Wright war keinen Meter von ihm entfernt, doch er lag beinahe regungslos am Boden. Seine Finger zuckten, doch Hilfe konnte Kim nicht von ihm erwarten. Verzweifelt schaute er sich weiter im Raum um und stieß auf Mendoza, welcher bewegungslos gegen die Wand gelehnt saß. Auf der anderen Seite lag Wells über zwei Tische verteilt. Aus seinem Helm lief Blut hervor … konnte es wirklich sein? Seine Kameraden waren tot? Alle?

Mit letzter Kraft drückte er das Mädchen ein Stück zurück und schaffte es mit der anderen Hand gegen ihre Rippen zu schlagen.

Sie rollte sich von ihm runter und schnappte sich noch in derselben Bewegung Kims Pistole aus dem Gürtel.

Ohne zu zögern, hielt sich Kim seine Arme vors Gesicht und den Hals, um die auf ihn einprasselnden Kugeln irgendwie abzuwehren. Sekündlich prallten die Kugeln an seiner Panzerung ab und zwangen ihn so schnell er konnte nach hinten zu kriechen. Er spürte, wie die Schmerzen in seinen Unterarmen zunahmen und wie die Knochen drohten zu zerbersten. Doch das Unterdrückungsfeuer endete schlagartig und es gab einen lauten Knall direkt vor ihm.

Er riss die Arme nach unten und sah die Leiche des Mädchens auf dem Boden liegend. Wright hatte sich aufgerichtet und hielt noch immer seine Pistole in der Hand.

„Wir müssen hier raus.", sagte Wright.

„Was … was ist mit Wells und Mendoza?"

„Denk nicht drüber nach. Schnapp dir Wheeler und dann verschwinden wir hier!"

Beide richteten sich auf. Doch während Wright zur Tür ging, blieb Kim im Raum stehen und schaute ein letztes Mal auf Wells und Mendozas Leichen. Wie hatte es dieses Mädchen geschafft zwei IFK-Soldaten zu töten? Das IFK war eine Spezialeinheit, spezialisiert auf Infiltration, Gefahreneliminierung und Situationsanpassung.

„Komm jetzt!", befahl Wright erneut und winkte Kim zu sich.

Wheeler lag noch immer angelehnt an der Wand und wartete geduldig auf seine Kameraden. Kim und Wright halfen ihm auf und gingen wieder Richtung Treppe.

„TOC, hier ist Wright. Iris Clarke wurde eliminiert."

„Verstanden, Wright. Verluste?"

Wright atmete so laut aus, dass man es sogar über Funk hörte. „Wells und Mendoza haben es nicht geschafft. Was ist mit dem Scharfschützen?"

„Keine Chance, die Kugel ging durch die Halsschlagader."

„Woher kam der Schuss?"

„Aus der eigenen Waffe."

Aus der eigenen Waffe? Hatte Kim das richtig verstanden? Hatte sich der Scharfschütze etwa selbst umgebracht? So verwirrt Kim auch war, beunruhigte ihn noch mehr, dass Wright scheinbar nichts Ungewöhnliches an diesem Fakt sah.

„Also auch wieder einer diesen neuen Psychs?"

Was sagte er da? *Neue Psychs?*

„Sieht so aus.", lautete die Antwort über Funk.

Wright setzte schließlich seinen Helm ab und drehte sich während des Laufes zu Wheeler, da dieser ohne Helm den

Funkverkehr nicht verfolgen konnte.

Kim tat es ihm gleich.

„Dieses Mädchen war in der Lage die Umgebung um sie herum zu beeinflussen. Deshalb traf auch keiner eurer Schüsse."

„Das ist absolut irrational.", antwortete Wheeler.

„Das muss n' neuer Wurf dieser Bastarde sein ... die entwickeln sich immer schneller."

Der Truppführer redete von diesen Personen, als seien es Tiere. Jeder im Unternehmen sah diese Personen als Tiere ... Tiere, die nur darauf aus waren, richtige Menschen zu töten. Sie lebten in Distrikten außerhalb der Stadt im Hoheitsgebiet der taiwanesischen und japanischen Konzerne, wo auch Kims Eltern herkamen, und selbst dort fürchtet man sie.

„Wie konnte dieses Viech die Kugeln zurückwerfen?"

„Ich weiß es nicht.", antwortete Wright.

„Wie konnte es überhaupt wissen, dass Tuck schießt?"

„Ich weiß es nicht, Wheeler.", antwortete Wright in einem immer rauer werdenden Ton.

Sie erreichten die Treppen und waren gerade dabei zurück ins Erdgeschoss zu gehen, als Kim plötzlich anhielt. „Was ist mit dem Rest des Stockwerks?"

„Das übernehmen die Rettungstrupps."

„Und wenn es mehrere Täter gibt?"

„Gibt es nicht, Kim, komm jetzt!"

Kim wollte Wright glauben, wirklich, doch es sprach so vieles dafür, dass die Sache immer noch nicht unter Kontrolle war. Er drehte sich kurz vor der ersten Stufe noch einmal um und schaute den Gang entlang.

Er konnte bis ans andere Ende des Flures sehen und versuchte sich irgendetwas ins Gedächtnis zu rufen. Irgendetwas war dort, doch er wusste nicht mehr was.

Je länger er starrte, desto größer wurde sein Verlangen nachzuschauen, was los war. Er meinte Schritte wahrzunehmen. Schritte und ein leiser Atem am anderen Ende des Flures.

Dann sah er etwas, was er besser nicht hätte sehen sollen. Eine Gestalt, langes braunes Haar und Blut an der Kleidung, lief von der einen Ecke zur anderen.

Was war das?

Bildete er sich das Ganze nur ein?

Iris Clarke war tot. Er hatte den tödlichen Schuss selbst gesehen … das konnte nicht sein … Iris Clarke war am Leben?

Gerade als die Gestalt hinter der Wand verschwand. Schrie Kim durch den gesamten Flur. „Stehen bleiben! IFK!"

„Kim!", rief Wheeler, doch dieser rannte mit gezogener Waffe voran und stellte die Waffe von Einzelschuss wieder auf Vollautomatisch um.

Das konnte einfach nicht wahr sein. Wie konnte dieses Mädchen noch auf zwei Beinen laufen? Er erreichte die Gabelung des Flures und lehnte sich um die Ecke. Aus dem Raum zwei Türen weiter, hörte er eine sich schließende Tür oder ähnliches. Er setzte seinen Helm auf und schaltete den Funk ein. „Wright, hier Kim, habe eine weitere Zielperson festgesetzt."

„Komm zurück! Iris Clarke ist ausgeschaltet, den Rest übernehmen unsere Kollegen!"

„Wenn sie noch lebt, sind alle Einheiten nach uns in Gefahr."

„Warum sollte sie noch leben? Sofort zurückkommen!"

„Negativ, Sir."

„Kim, hier TOC, befolgen sie die Anweisungen ihres Truppführers!"

„Vollidioten.", wisperte Kim und schaltete den Funk seines Helms ab. Dann würde er ihnen eben später Bericht erstatten.

Er ging langsam auf die Tür zu und erkannte an einem Schild, dass es die Damentoilette war. Auf dem Boden war eine schwache Blutspur zu erkennen, die in den Raum hineinführte.

Kim löste den Bewegungssensor der Tür aus und schlich mit der Waffe im Anschlag hinein. Die Blutspur verschwand nicht, sondern führte bis in die allerletzte Kabine am Ende des Raumes. Dank der Geräuschdämpfung seines Anzuges konnte die Gestalt nicht wissen, dass er kam.

Er erreichte die letzte Kabine und atmete tief durch.

Dann war es so weit.

Er trat mit voller Kraft gegen die Kabine. Die Tür flog zur Seite und knallte an die Wand. Ein Mädchen, braunes Haar, braune Augen, blutverschmierte Kleidung und ... und mit einer Klinge in der Hand, saß auf der Klobrille und versuchte sich augenscheinlich zu verstecken.

Beide starrten sich an.

Kim hatte den Finger am Abzug.

Das Mädchen das Messer in der Hand.

Ihre Pupillen weiteten sich, sie riss ihre Augen auf und begann zu schreien. Sie sprang auf, rannte auf Kim zu und ... fiel zu Boden.

Kim krümmte seinen Finger wieder zurück und senkte langsam die Waffe. Den Atem, den er angehalten hatte, stieß er langsam durch seine Nase wieder aus und entspannte seine Muskeln. Der Schuss ging direkt zwischen die Augen. Die Zielperson konnte nicht mehr leben.

Dann schaltete er den Funk wieder ein. „Hier Kim, ich habe das Ziel eliminiert."

„Hier TOC, schalten sie umgehend die visuelle

Bestätigung ein!"

Das rote Aufnahmelicht leuchtete wieder am Displayrand auf und Kim filmte die Leiche. Er fragte sich, wie Iris Clarke den Schuss von Wright überleben konnte.

Doch noch seltsamer war, dass keine Antwort über Funk kam. „TOC? Seid ihr noch da? Wright?"

„Bleiben sie auf Position, Kim.", antwortete der Truppführer und der Funkverkehr brach wieder ab.

Irgendetwas stimmte nicht. Vielleicht war der Rest des Teams doch noch auf weitere Täter gestoßen. Vom Flur aus hörte Kim außerdem wieder Schritte, die auf ihn zukamen. Konnte es sein, dass es Wright und Wheeler waren?

Die Tür schob sich auf und das Erste, was Kim sah, war eine Pistole, die in den Raum hineinragte. Kim sprang zurück in die Kabine und eröffnete das Feuer. Er hörte eine Stimme am anderen Ende des Ganges, die zu ihm flüsterte. *„Wir finden dich … wir beherrschen dich …"*

„TOC, es gibt mehrere von denen im Gebäude, sie tragen Schusswaffen!"

Kim lehnte sich aus der Kabine heraus und eröffnete wieder das Feuer. Er drückte wieder und wieder ab, bis dem Magazin die Kugeln ausgingen.

Der Pistolenlauf ragte wieder um die Ecke und gab einen Schuss ab. Kims Display zersprang und er knallte mit dem Kopf gegen die Wand. Er sah alles um sich herum nur noch verschwommen und die Stimme in seinem Kopf wurde immer lauter. Er drehte seinen Kopf zur Leiche und fragte sich, ob Iris Clarke eben auch schon eine *Brille* trug?

Die Schritte kamen immer näher, doch es gab nichts, was er noch tun konnte. Die Komplizen dieser Iris Clarke hatten ihn erwischt. Hoffentlich hatten es Wright und Wheeler nach draußen geschafft.

Kim schnappte ein letztes Mal Luft und nahm all seine

Kraft zusammen, um einen abschließenden Blick auf seinen Mörder zu werfen.

Ein schwarzes Display beugte sich über ihn und anhand der Markierung sah er, dass es jemand war, den er kannte.

„Wright …", flüsterte er, ehe ihn die Kraft verließ und er seine Augen für immer schloss.